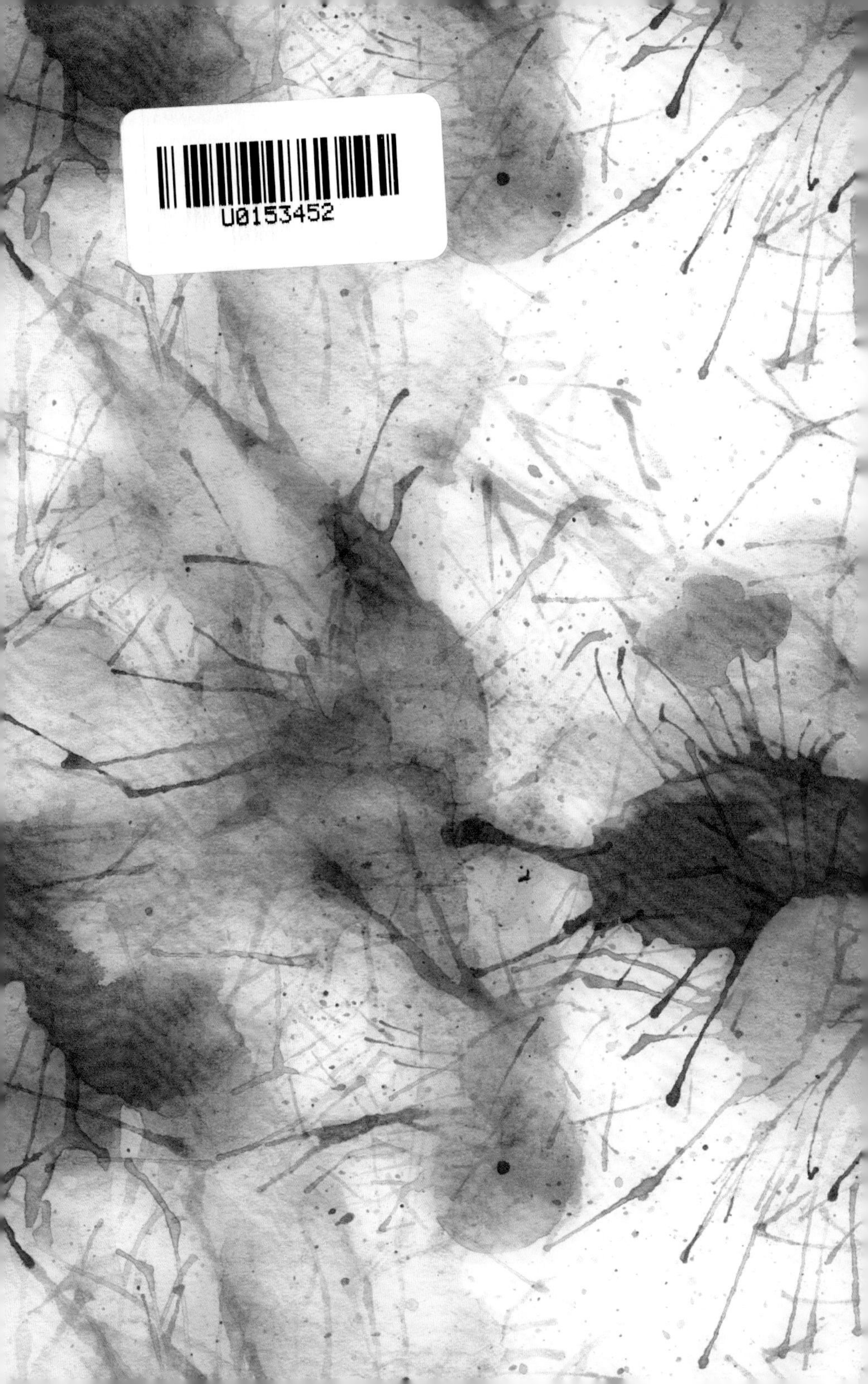

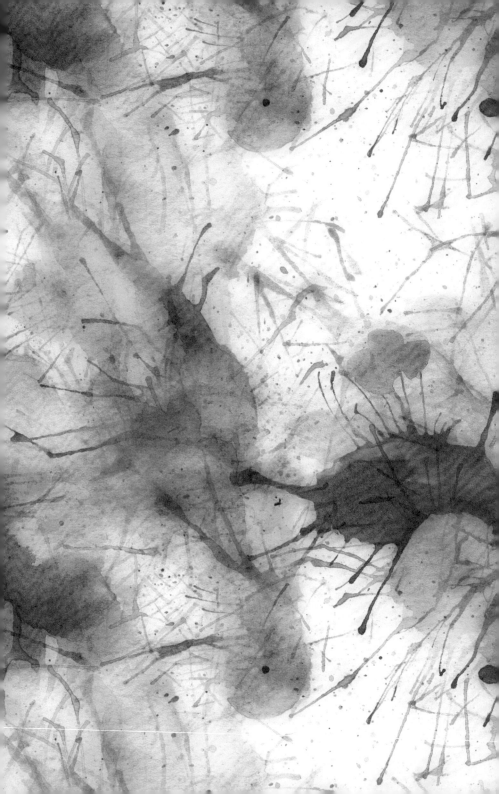

熱戀

La chamade

Françoise
SAGAN

莎岡

陳春琴⊙譯

謹以此書獻給我的雙親

我曾細究幸福的魔法
而這是人人都避免不了的
——法國詩人韓波

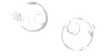

第一部

春天
LE PRINTEMPS

1

她睜開雙眼。一陣強勁的風吹進房內，把窗簾吹成了一道風帆，把地板上大花瓶裡的花吹得垂首低伏，進而襲擊她的睡眠。是春風，是入春以來第一陣風，聞起來有樹木、森林、泥土的氣味。它肆無忌憚穿越巴黎郊區，飛過滿布油漬的街道，在拂曉時分又輕盈又張揚地來到她的房間，要在她尚未清醒之前告示她活著的樂趣。

她再度闔上雙眼，翻身俯臥，臉埋在枕頭裡，伸手摸索放在地上的時鐘。她一定是忘了把鐘擱在地上，她總是忘記許多事情。她小心翼翼起床，頭探出窗外。天色很暗，對面人家的窗子關得緊緊的。這陣風一點常識也沒有，居然在這種時辰吹旋！她又躺回床上，用力扯起被子蓋在身上，假寐起來。

枉費心機。風在房間裡盤旋。從垂伏得軟軟的玫瑰花，從張得鼓鼓的窗簾，她感覺出這陣風吹得強勁。它不時從她身上經過，以它鄉村的清香氣息懇求她：「來散散步，來跟我一塊兒散散步。」她麻木的軀體拒絕了它的邀請，腦海又蒙上了模模糊糊的片段夢景，可是她的嘴角因出現了一道笑容而逐漸放鬆。黎明，黎明的鄉村……露台上的四株梧桐樹，亮白天空下交錯分明的鋸齒葉片，狗兒爪子下的石礫聲，永恆的童年。不論是作家的牢騷、心理分析家的理論，除了每個人一提到「當我還小的時候」就突然興起的傾訴，還有什麼能夠再賦予童年一些魅力呢？也許還有對無責任感的懷念吧，這尊高至上、可是永遠失去的無責任感。不過（她不願對任何人說），她並沒有失去這點。她覺得自己是徹底地沒有責任。

想到這兒，她立刻起床，張眼尋找晨褸，但沒找著。一定是有人收起來了，可是收在哪兒呢？她嘆著氣打開壁櫥。她眞的是永遠不會習慣這房間，也永遠不會習慣其他任何一個房間的。這房間的裝潢布置十分講究，縱使對她無足輕重：有高挑的天花板，有兩扇大窗子面朝塞納河左岸的街道，還有看在眼裡、踩在腳下都很溫柔的灰藍色地毯。床像座小島，周圍只有床頭櫃和擺在兩扇窗戶之間的一張茶几，有如兩座礁石圍繞。據查理說，這兩套家具的格調都非常正統。終於找著的晨褸是絲料剪裁的；奢華其實是件很愜意的事。

她走進查理的房間。他總是關著窗、點著床頭燈睡覺，永遠不會有一絲風來干擾他。他的安眠藥就放在香菸盒、打火機、定在八點鐘響的鬧鐘，以及一瓶礦泉水的旁邊。只有《世界報》扔在地上。她坐在床尾看著他。查理有五十歲，英俊的相貌略帶軟弱感。睡著的他，臉孔表情看起來好像很不快樂。這天早上，他的表情比平常看起來更憂鬱。他經營房地產生意，非常有錢，人際關係不是很好，主要是因爲他待人接物的態度總是既禮貌又羞怯，有時候反倒顯得很冷漠。如果說住在同一間公寓、與相同的人往來、偶爾睡在同一張床也稱得上一起生活的話，那他們一起生活有兩年了。他朝牆壁那側翻個身，口裡發出低微的呻吟。她又一次想，自己一定讓他很不快樂。緊接著她又想，他跟一個年紀比他輕二十歲且酷愛獨立的女子生活在一起，不論如何都是不快樂的。她從床頭櫃上揀起一根香菸悄悄點燃，然後繼續觀察。查理的髮根已然灰白，雙手很漂亮，但是靜脈管凸出明顯，嘴唇略微蒼白。她心中突然湧上一股柔情。人怎麼能夠又善良，又聰明，卻又如此不幸呢？她對他愛莫能助：對任何人的出生以及必須死亡，我們都無法去安慰的。她咳起嗽來，她早上空腹抽菸是不對的。不應該空腹抽菸，也不應該喝酒，不應該開快車，不應該做太多愛，不應該讓他的心臟疲勞，不應該花他的錢，什麼都不應該做。她張嘴呵欠。她要開車，然後隨著春風到鄉下很遠的地方去。跟其他日子一樣，她今天不工作。多虧查理，她已經失去了工作的習慣。

半個鐘頭之後，她駕車行駛在通往東方大城南錫市的高速公路上。敞篷車的收音機傳出一首協奏曲。是葛利格？舒曼？或是拉赫曼尼諾夫的曲子？不管怎麼說，那是一首浪漫派樂曲。然而是哪一首呢？這令她生氣也令她高興。她只是透過記憶、透過一個敏感的記憶而愛好文化的。「這首樂曲我聽了二十次。我知道那時我很不幸，我也知道這首曲子很配合我當時的痛苦，就跟陶瓷的印花釉法一樣。」她記不起是誰帶給她這個痛苦，也許是她已經老了。不過，對她而言不怎麼重要。長久以來，她不再思考自己，不再看自己，不再以自己的眼光定義自己，只有與她在拂曉的微風下一起奔跑的現時才存在。

2

院子裡的車聲吵醒了查理。他聽見露西爾哼著歌關上車庫，很感驚訝，心想不知幾點鐘了。他的手表指著八點。他一時以爲露西爾一定有病，不過，聽到樓下傳來她愉快的嗓音，心放了下來。他一時很想打開窗子，叫她不要唱歌，可是立刻忍住。他很了解她這種欣喜的心態：這是孤獨的欣喜。他閉了一會兒雙眼；這是他今天爲了不妨礙露西爾、爲了不困擾露西爾而壓抑住的一千個舉動當中的第一個。他如果年輕個十五歲，很可能會打開窗子，帶著專橫無禮的口吻喊道：「露西爾，上來，我醒了。」然後，她會上樓跟他一塊兒喝杯茶。她會坐在他的床上，他會講許多趣事讓她咧嘴大笑。他聳聳肩。就算早了十五年，他也無法令她發笑的。他從來不是個風趣的人。僅僅一年之前，由於遇見了露西爾，他才發現生活也能無憂無慮——對他而言，這顯然是個最長久、最困難的學習，何況他一開始在這方面就缺少天賦。

他坐起身，見到身旁的菸灰缸裡擱著一根壓扁的菸，感到很吃驚，回想是不是昨晚睡覺之前忘了把菸倒進壁爐裡。不可能。露西爾一定來過，而且在他房間裡抽過菸。此外，床上那處微微凹陷，也證明她在那兒坐過。他睡覺時從來不弄亂任何東西的。照顧過他單身漢生活的女僕常常爲這點稱讚他。他常受人稱讚的優點是：他的平靜，不管醒著或睡著；還有他的鎮定自若、他的良好修養。有些人是因爲擁有迷人的風采而受恭維，可是他從未碰過這種事，至少從未有人以不帶任何企圖的心理來恭維他的外表。很可惜，否則，他會覺得自己好像披上一身燦爛、柔軟、華麗的羽毛。有些詞眼在無形中殘忍地傷害了他，就好像無法追捕的回憶一樣，好比「魅力、自在、灑脫」這些字眼，還有天知道爲什麼，「陽台」這個字眼。

有一次，他和露西爾談到這件傷感事，當然不是前幾個詞，而是最後一個詞。露西爾很驚訝，問道：「陽台？爲什麼是陽台呢？」她喃喃複述：「陽台……陽台……」接著問他是否把這個詞理解成複數。他說是的。她問他幼時的家是否有很多陽台，他說沒有。她帶著好奇望著他。如同她不以體貼的表情看著他的時候一樣，他心中湧起了一股強烈的希望。可是她嘴裡卻喃喃說些與波特萊爾的〈天空的陽台〉這首詩有關的話，談話就到此爲止。如平常一樣，不會有任何發展。然而，他愛她，他不能讓她知道他對她的愛有多深刻。不是怕她濫用他的愛，而是怕她因此感到困擾、哀傷。她沒有離開他已經很出人意料了。他只是提供安全感給她，而他也知道安全感對她絲毫不重要。也許吧。

他摁下叫人鈴，接著撿起地上的《世界報》，試著讀一讀報紙。白費心機。露西爾肯定又如平常一樣，敞篷車開得飛快。其實，他在聖誕節送給她的這輛車子很可靠。他事先打過電話請教一個在汽車雜誌工作的朋友，問了哪一型的跑車最好、哪一種車最穩定最保險。他對露西爾說，這一型的車最容易買到，還假裝前一天是在偶然的情況下「瀟脫地」訂了下來。她當時非常高興。不過，萬一有人現在打電話對他說：在某條路上發現一輛翻覆的深藍色敞篷車，車底下壓著一名年輕女子，證件上……他站起身。現在的他，成了一個傻子。

寶琳雙手捧著早餐托盤進入房內。他對她微笑。

「天氣怎麼樣？」

「有點陰沉。不過聞起來有春天的氣息。」寶琳說道。

她六十歲年紀，照顧他的起居將近十年。她不是那種以詩意的眼光看待事物的人。

「春天？」他不由得隨著複述。

「是啊，是露西爾小姐這麼對我說的。她比我先到廚房，吃了一顆橙，然後說她必須出門走走，說空氣聞起來有春天的氣息。」

她笑了笑。起初，查理很害怕她憎厭露西爾，經過兩個月的觀察之後，寶琳的態度很明確：「露西爾的心智年齡只有十歲，而心智年齡不比她高的先生無法保護她不受到現實生活的侵襲。保護她是寶琳的權責。」因此，她以無比的精力照護露西爾，叫她休息、吃飯、不要喝酒，露西爾看起來也彷彿很樂意、很服從。這是查理難以理解又欣喜莫名的奧妙家務事之一。

「她只吃了一顆橙？」他問道。

「是的。她還要我轉告你，出門的時候要好好呼吸一下空氣，因爲空氣聞起來有春天的味道。」

寶琳的語調很平淡。她是否體會到他是在向她乞求露西爾的口信呢？偶爾她會當著他的面掉開眼神。這時，他覺得她不是因爲露西爾的關係而責備他，是因爲他對她的愛戀。飢渴、痛苦的愛戀。或許只有她一個人看得明白。然而，她在理性之下，在帶有母性及些許優越感的心理接納露西爾之下，她是無法明白這種愛戀的。如果他愛上的不是寶琳所說的「好女孩」，而是一個「壞女人」，她可能會同情他。她不了解愛上好女孩也許是更痛苦的事。

3

桑泰先生在世的時候，克萊兒・桑泰的公館豪華無比。如今從許多方面看得出來，宅第已然遜色不少。譬如：家具比起從前少了些；染了二十次顏色的窗簾；臨時請來的廚師偶爾顯現的驚慌臉色，因爲他多花了一會兒時間才找出大客廳五扇門當中是哪一扇通到廚房。儘管如此，克萊兒・桑泰的公館仍是蒙田大道[1]上最富麗的房子之一，而且她主辦的晚會非常講究。她身材修長纖瘦，精力旺盛，與許多女子一樣，金色的頭髮有可能是棕髮染成的。她五十出頭，看起來比實際年齡輕，談起愛情來態度愉快活潑，給人的感覺是一個對愛情不再感興趣卻仍保有美好回憶的女子。因此，女士們都很喜歡她，男士們則帶著玩笑和她打情罵俏。像她這樣五十歲左右，爲了在巴黎活著並成爲時尚人物（有時候是爲了變成時尚人物）而能左右逢源的堅強女子是不多的。克萊兒經常邀請一、二位美國人或委內瑞拉人來參加夜筵。她會事先告知她的賓客，這些外國人並不是很風趣，但是與她有生意來往。這些不諳法語的外國人坐在這名時尚女子身旁，旁聽眾人充滿隱語、省略語法、艱澀笑話的交談。克萊兒希望他們回到卡拉卡斯[2]之後，能夠把這些趣事轉述給他人聽。她就是藉此取得了法國人在委內瑞拉的布料專賣權，反之亦然；此外，在她主辦的宴會裡，威士忌是少不了的。總之，她長袖善舞，而且只在不讓自己顯得愚蠢的必要情況下，她才會在人後批評。

整整十年，查理．布拉桑—李涅爾始終是克萊兒宴會上的重要賓客。他借過她很多錢，但從來不跟她提起此事。他很富有，人很俊美，話不多，可是說話必定合時合宜。有時候他接受克萊兒的介紹，同她所保護的年輕女子交往，維持這種關係一年、有時候兩年。到了八月，他會帶著交往的女子去義大利玩。夏天，若是她們抱怨天氣太熱，他便送她們到聖托佩斯城[3]去避暑；冬天到來，她們抱怨太疲倦，他便送她們去梅捷芙鎮[4]舒解身心。最後總是以一份漂亮的禮物宣告關係終止，通常彼此都不明白爲什麼。然後再過六個月，克萊兒重新開始「照顧他」。不過，兩年以來，這個平靜實際的男子脫離了她的掌握。他迷上了露西爾，而露西爾難以捉摸。她個性活潑，待人接物很禮貌，談吐風趣，可是她對自己的事、對查理的事，或者是對自己的計畫，始終拒絕談論。認識查理之前，她在一家小報社工作。那家報社自稱左派，好理直氣壯給員工廉價薪資，而其大膽作風也僅限於此。露西爾幾乎已經不在那兒工作了，也沒人知道她白天做些什麼。儘管克萊兒曾派很多男子去追她，但她即使另有情人，也絕不是克萊兒周圍的人。計策全數失敗。克萊兒在想無可想之際，曾向她推薦巴黎女子常做的巴爾札克式的小生意，這種生意能讓露西爾擁有一件貂皮大衣，以及一張查理開出的跟貂皮大衣等值的支票。

「我不需要錢。」露西爾說道。「我討厭這一類生意。」

她的嗓音很冷淡。她不再注視克萊兒。克萊兒一時驚慌失措，接著施展了一招讓她之所以能長年立足於社交圈的高明手腕。她握住露西爾的雙手。

「謝謝你，孩子。你要明白，我喜歡查理就像喜歡自己的兄弟一樣，而我對你不了解。請你原諒。你要是接受的話，我可能會替他提心弔膽呢，如此而已。」

露西爾咧嘴大笑。克萊兒原先暗自希望這一番話能感動露西爾，看到她笑，不由得焦慮不安。直到下一場夜筵，見到查理待她的態度跟以前完全一樣，她才放下心事。露西爾懂得保密，或者說，她懂得忘記某些事。

不管怎麼說，今年春天一開始就不吉利。克萊兒邊嘀咕邊檢查餐桌的布置。首先到達的強尼遵守著一項老規矩，寸步不離跟著她。他四十五歲，以前一直有男性情人。可是現在呢，白天工作一整天，晚上又出門去沙龍，回家後再也沒有力氣在三更半夜與年輕男子歡樂了。他只能在社交沙龍裡以憂鬱的眼光看著他們。社交扼殺一切，連同罪惡在內。衛道者該認同社交生活也有好的一面。強尼因此變成了克萊兒的忠實男伴，陪她參加首映禮、夜筵，在她家以高超巧妙的手腕招待賓客。其實他原本的名字叫做強恩，不過大家都覺得強尼這名字比較活潑，因此他接受了這個名字。二十年了，他連口音都帶有英國腔。

「寶貝，你在想什麼？你看起來很焦躁的樣子。」

「我在想查理。我在想戴安娜。你知道吧，今晚她會帶她俊俏的男友一起來。我只看過他一次，不過呢，我不怎麼寄望他能給晚餐帶來一些愉快的氣氛。才三十歲年紀，長得那麼好看，怎麼看起來卻很悲傷的樣子呢？」

「戴安娜不應該把心神花在知識分子身上的。她從來就沒成功過。」

「有些知識分子是很風趣的。」克萊兒一副寬宏大量的樣子。「不過安東可不是什麼知識分子，只不過在何努特出版社負責編緝一套叢書罷了。在出版社工作能賺多少錢呢？什麼也賺不到，你跟我一樣清楚。謝天謝地，戴安娜的財富多得……」

「我不認爲他覬覦戴安娜的財產。」強尼細聲細語地說，他頗欣賞安東。

「他遲早會的。」世故的克萊兒口氣有點不耐煩。「戴安娜四十歲，有好幾百萬的財富；他三十歲，每個月只有二十萬法郎[5]的收入。他們的關係肯定不長久。」

強尼笑了起來，可是立刻止住。他臉上抹了一層皮爾—安德雷建議他使用的防皺面霜，但沒時間讓它完全乾。到晚上八點半之前，他不能夠扯動臉上肌肉。

不過現在也正好八點半了，因此他又笑了起來，克萊兒吃驚地看他一眼。強尼是個很善良很溫柔的人。一九四二年，他加入英國皇家空軍對抗德軍，被幾顆子彈擊中，腦子裡某個地方一定受傷了。腦……叫做什麼呢？腦葉？對了，一定是腦葉受傷了。她帶著興味看著他。真想不到那雙正溫柔地整理桌上花朵的白皙的手，以前也握過機關槍、駕駛杆，在深夜時分擊毀敵機……人實在難以預料，永遠無法知道某個人的「一切」，她正是因此而從來不覺得人生無聊。她心滿意足，嘆了一口長長的氣，又隨即止住。身上這件羅緞衣服太緊了。皮爾．卡登[6]眞誇張，竟把她看成身材苗條的仙子。

露西爾正設法掩飾呵欠——只要從嘴角吸口氣，再緩緩吐出就行了；表情看起來有點像隻小兔子，但至少雙眼不會泛淚。這頓晚餐沒完沒了。她坐在強尼和一名男子之間。強尼滿臉焦慮，打從晚餐一開始就一直輕拍自己的臉頰；另一名男子年輕好看，但沉默寡言，聽說是戴安娜．梅貝勒的新情人。話說回來，男子的沉默並不令她感到不自在。今晚她毫無取悅人的念頭。她今天起得太早。她設法回憶那股撩人的春風氣味，於是閉了一會兒雙眼。再度睜開雙眼，目光正好遇上戴安娜，並訝於她的目光如此嚴峻。戴安娜這麼愛這男子嗎？抑或出於嫉妒？露西爾轉頭看他：他的髮色金得透著灰白，下巴堅挺；雙手搓著一小團麵包，盤子周圍掉滿麵包屑。賓客的談話繞在戲劇上。正好，因爲克萊兒很喜歡的一齣戲正好是戴安娜討厭的。露西爾鼓起勁，轉頭向年輕男子問話。

「您看過這齣戲嗎？」

「沒看過，我從來不去劇院。您呢？」

「很少去。我最近一次看的是一齣非常有趣的英國喜劇，在『戲坊』[7]劇院演出。其中一名女演員後來車禍身亡了。她的名字好像是……」

「莎拉。」男子低聲回答，雙手按著桌面。

露西爾看到他的表情，呆了一會兒，立刻領會過來，心想：「他眞是不幸！」

她說道：「請原諒我。」

男子轉頭看她，用憂鬱的嗓音問了一句「什麼」，便不再看她。她感覺出坐在旁邊的他呼吸很不規律，那是受到打擊的人的呼吸。她一想到是自己傷害到他，即便出於無意，心裡仍覺得難受。她一向不喜歡表現出傲慢無禮的姿態，更別說是殘忍無情了。

「安東，你在想什麼？」

戴安娜的嗓音帶著一股奇怪的聲調，一種太過高昂的聲調，剎那間席間鴉雀無聲。安東沒答話，彷彿既聾又啞。

「哦，眞是的，他不知在幻想些什麼哪。」克萊兒笑著說道。「安東，安東……」

沒有回應。此時廳裡靜悄悄。賓客手裡拿著叉子靜止不動，雙眼看著這名臉色蒼白的年輕男子在眾人當中一臉無聊地盯著水瓶。露西爾倏地伸手輕觸他的衣袖，他醒了過來。

「你剛剛說什麼？」

「我剛剛說你不知在幻想些什麼。」戴安娜冷冷說道。「我們想知道你幻想的內容？唐突嗎？」

「這種問題當然唐突。」查理說道。

查理像其他人一樣盯著安東瞧。這男子以戴安娜的情人、或許是小白臉的身分來到這裡，這時竟變成了一個愛幻想的年輕人。一股羨慕、懷念的風吹在餐桌上。

一股怨恨的風也吹在克萊兒的腦海裡。再怎麼說，今晚邀請的全是特殊人物，都是一些有名、出色、談吐風趣、見聞廣博的人。這個年輕人該做的就是聽人交談、開口笑、出言附和；要是幻想和女孩子在拉丁區的快餐店吃晚餐，那他只要放棄巴黎最有名望最迷人的女子戴安娜就行了。戴安娜雖然四十五歲了，仍算得上風華正盛；可惜今晚卻是個例外：她臉色蒼白，頻頻窺伺周遭的動靜。克萊兒若不是對她認識很深，恐怕以為她很不快樂。

她接下話頭說道：「我打賭你在想一部法拉利跑車是不是？卡羅斯買了一部最新款的法拉利。有一天他載我試他的跑車，我當時還以為大限來臨呢。話說回來，他駕車技術非常好。」她最後一句話的口氣充滿驚歎，因為卡羅斯是某個王位的繼承人。克萊兒覺得他很了不起，因為他至少還會點其他事，而不是只會坐在客麗雍飯店[8]的大廳裡苦等王朝復辟。

安東轉頭對露西爾微笑。他的眼珠是近乎黃色的淺褐色，鼻梁高挺，嘴唇的形狀細長漂亮，陽剛之氣和他金髮的少年細緻氣息呈強烈對比。

「請原諒我。您一定覺得我很粗野。」他輕聲說道。

安東正眼看著她，而不是依禮俗讓目光懶洋洋地落在桌布或她的肩膀上，似乎把她完全排除在賓客之外。

「我們才說了三句話，就互相說了兩次原諒了。」露西爾說道。

「我們是從結局開始。」他語調愉快。「相愛的男女到最後總是請求彼此原諒——最起碼一定有個人這麼說：『請原諒我，我不再愛你了。』」

「這種結局算是相當好。讓我傷心的是那種誠實的說法：『請原諒我，我以為我愛你，我弄錯了。我有義務對你說實話。』」

「這種事不應該常發生在您身上。」安東說道。

「千謝萬謝。」

「我意思是，您不會讓男人有時間對您說這句話。因爲您的行李早就在計程車裡等您了。」

「更何況我的行李只有兩件毛衣和一把牙刷。」露西爾笑著說。

安東頓了一會兒，才又開口：「噢，我以爲您是查理．布拉桑—李涅爾的情人。」

她立刻想：「眞可惜，我以爲他是個聰明人。」對她而言，損人又損己的言行與才智難以並存。

「沒錯。您說的對。我要是現在離開他，那我會在自己的車上，而且行李箱裡裝滿了衣服。查理是很大方的人。」

她說話的嗓音很平靜。安東垂下眼睛。

「對不起。我討厭這頓晚餐和這個社交圈。」

「那以後不要再來。而且，對你這個年紀的人來說，這是很危險的。」

安東一臉生氣的樣子，說道：「你要知道，孩子，我年紀肯定比你大。」

她聽了哈哈大笑。戴安娜和查理的四道目光落在他倆身上；兩人並肩坐在餐桌那一角，面對他們「保護」的人。一邊是做親長的，另一邊是做孩子的——不肯做大人的三十歲老孩子。露西爾止住笑。她從來不做任何事，她什麼人都不喜歡。眞是諷刺。她如果不是樂於活著，早就自殺了。

安東笑著。看到他咧嘴大笑、跟著另外一個女子一起笑，戴安娜心中很痛苦。安東從來不與她一起笑。她寧可看到他吻露西爾。他的笑容，他突然擁有的年輕氣息，太可恨了。他們在笑什麼呢？她瞥了一眼查理，卻見到他滿臉柔情。查理這兩年來突然變成了傻瓜一個。年輕的露西爾長得很迷人，言行中規中矩，但總歸說來不是個大美人，也不是個出類拔萃的才女。安東也不是。戴安娜以前有過許多比安東更俊且爲她瘋狂的情人。是的，瘋狂。只不過她愛的是安東。她愛安東，也希望安東愛她。總有一天，安東會完全聽她擺布的。他會忘記那個死去的年輕女演員，雙眼會只看她戴安娜一個人。莎拉……這個名字她聽過了多少次！莎拉。起先，安東常與她談起這名字，直到有一天她實在氣不過，對他說莎拉欺騙過他，而且每個人都知道。他嗓音很平靜，說道：「我也一樣，我知道這件事。」此後他們再也不提這個名字了。可是他晚上睡著後總喃喃吐出這個名字。不久之後……不久之後，當他進入夢鄉，當他在漆黑中伸出手臂依偎著她，他嘴裡念的將會是她的名字。她發覺自己滿眼是淚，咳起嗽來。查理好心地拍拍她的背。這頓晚飯沒完沒了。克萊兒酒喝多了一點，她這種情況愈來愈頻繁。她正在討論畫，而且對自己的信心遠超過自己對畫的認識，酷愛畫的強尼好像很痛苦。

「而我呢……」克萊兒最後說道。「那個年輕男子夾著這個東西來我家的時候，當我以爲我成了近視眼，把這幅畫對著光線看的時候，你們知道我跟他說了什麼嗎？」

賓客疲倦地搖搖頭。

「我跟他說：『先生，我以爲我有眼睛能看東西，可是呢，我錯了；畫布上什麼也沒有，先生，我什麼也沒看見。』」

她手勢一揮，可能想解釋圖畫的空洞，卻把自己的酒杯翻倒在桌上。眾人趁這機會站起身，而露西爾和安東頭垂得低低的，因爲他們笑得不可開交。

譯注

1 蒙田大道（Avenue Montaigne）：位在巴黎第八區，隔兩條街便是總統府。
2 卡拉卡斯（Caracas）：委內瑞拉首都。
3 聖托佩斯（Saint-Tropez）：位於法國南部地中海濱的度假勝地。
4 梅捷芙（Megéve）：法國東部滑雪勝地。
5 此指舊法郎，相當於兩千元新法郎。
6 Pierre Cardin：法國時裝設計師。
7 「戲坊」劇院（l'Atelier）：位在巴黎十八區的蒙馬特區，於一九二二年設立。
8 客麗雍飯店（Crillon Hotel）：位在巴黎協和廣場旁，是國家元首、國際明星等下榻的高級旅館。

4

對分享歡笑的美德、危險、力量所做的討論是永遠不夠的。和友誼、欲望或失望一樣，愛情裡不能缺乏歡笑的分享。安東和露西爾之間的歡笑是小學生式、突發的歡笑。這兩人都有嚴肅的人覬覦他們、透視他們、深愛他們，但他們仍在客廳的一角盡情歡笑，也知道將會受到某種方式的懲罰。情侶在夜筵的場合分開坐，是巴黎的社交禮節，但之後會有短暫的通融時間，讓每個人能夠若無其事去找同床共枕的伙伴，交換幾句評語、甜言蜜語，或譴責的詞句。戴安娜等著安東前來會合，查理則往露西爾的方向踏出一步。可是露西爾泛淚的雙眼始終盯著窗子，目光一遇上站在身旁的安東，她立刻轉頭，而安東則把臉孔埋在手帕裡。克萊兒有一陣子假裝沒看到，可是不必說也知道，整個客廳瀰漫著羨慕和略帶怨恨的氣氛。她向強尼點個頭，意思是「去告訴那兩個孩子要規矩行事，否則以後不再邀請他們」。這個點頭的舉動不幸讓安東看見，他不得不將身子靠在牆上。

強尼帶著愉快的表情說：「拜託，露西爾，告訴我是什麼事，我好奇得要死。」

「沒事。沒事，沒什麼事，就是這點可怕。」

「可怕。」安東在旁加油添醋。他頭髮散亂，整個人變得很年輕，很光豔，強尼一時之間對他有股強烈的欲望。

戴安娜正好走過來。她很生氣，她生起氣來很好看。她高雅的氣質，她迷人的綠色眼睛，她穠纖合度的身材，使她成爲情場上一匹驃勇的戰馬。

「你們到底聊些什麼？這麼有趣？」她說話的口吻流露出懷疑和容忍，尤其是懷疑。

「喔！我們啊，什麼也沒聊。」安東的回答毫無心機。這個「我們」讓戴安娜氣上加氣，因爲安東從來不曾用「我們」來和她談論任何計畫或回憶。

「你們別像個粗魯人。」戴安娜警告他們。「就算你們不能談吐風趣，至少要有禮貌。」

剎那間鴉雀無聲。露西爾認爲戴安娜以粗暴的態度對待情人是很正常的，可是「你們」這個複數詞用得似乎有點過分。

「您糊塗啦，您總不能禁止我笑。」露西爾說道。

「也不能禁止我。」安東一副從容不迫的樣子。

「對不起，我累了。晚安。查理，你能送我回家嗎？」戴安娜對正好走過來的可憐人說。「我頭痛得很。」

查理點點頭，露西爾對他微笑：「我們在家見。」

他們離開後，客廳裡就像一般晚會發生過吵架事件之後一樣，興起了一陣喧譁。每個人講不相干的事講了三分鐘，然後議論紛紛，留下露西爾和安東單獨在一起。露西爾身子靠在陽台上，若有所思地看著安東。他神態平靜，抽著菸。

「我很抱歉。」她說道。「我不應該衝動。」

「跟我來。在場面變得難堪之前，我先送您回家。」安東說道。

克萊兒帶著狡黠的神情與他們握手。這兩人回家是對的，不過，她很明白年輕人的想法。他們是很美好的一對。她可以幫助他們……不行……有查理在。今晚她腦筋出了什麼岔？

巴黎沉浸在夜色裡，光影遍地，十分迷人，兩人決定走路回家。他們看著克萊兒帶著假裝很理解的表情送他們，然後把大門關上，心中起先湧上一種輕鬆感，接著這種感覺轉變成想要離開彼此或認識彼此的欲望；總而言之，想賦予這場無意義的晚會另一種模樣。露西爾向賓客紛紛道再見時，他們對她拋出的眼光隱含著「她爲了一名漂亮的年輕男子而拋棄自己年老的保護者」的意味——絕無可能：她不願意扮演這種角色，哪怕是一秒鐘也好。她曾經對查理說過：「我也許會讓你不快樂，不過絕不會讓你成爲笑柄。」確實如此，縱使有幾次她和其他男子私下來往，也是把查理蒙在鼓裡。這個晚會眞是滑稽可笑。她和這名陌生男子在街上做什麼呢？她轉頭看他，而他對著她笑。

「不要那麼悲傷的樣子。我們在路上喝一杯，好不好？」

而他們喝了很多杯。他們陸續進了五家酒吧，避開了兩家，因爲安東顯然無法忍受與莎拉以外的人去那些店。他們很聊得來。兩人閒聊著穿過塞納河，然後又穿回來，再沿著里沃利路[1]一直走到協和廣場，進入哈利酒吧，然後又離開。凌晨的春風再度揚起。露西爾很困倦，又喝了不少威士忌，再加上要專心談話，因此走起路來蹣蹣跚跚。

「她欺騙我。可憐的她，以爲和製片人或記者上床是稀鬆平常的事。她老是欺騙我，我看不起她。我妄自尊大，愛挖苦她、評斷她。我憑什麼。天啊，她一定很愛我。沒錯，她是愛我，她從我身上得到什麼……」安東說道。

「那天晚上，也就是她去世的前一晚，她哀求我不要讓她去水城[2]。我卻對她說：『你既然這麼喜歡去，那就去啊，去啊。』我眞是白痴，自以爲了不起的白痴。」

兩人又穿過一座橋。安東問她一些問題。

「我對任何事從來都不懂。」露西爾說道。「直到離開父母親之前，我覺得生命始終很合乎邏輯。我原本想在巴黎求個學士文憑。根本是幻想。之後，我老在情人或朋友身上找尋親人的影子。我能夠忍受一無所有，忍受沒有任何計畫、沒有任何煩惱。我活得很愉快。好可怕。我不曉得爲什麼，只要我一清醒，我身上某種東西就跟生命配合在一起。我永遠無法改變。我能做什麼？工作？我沒有天分。也許就跟你一樣，我必須愛個人。安東，安東，你爲什麼跟戴安娜在一起？」

「她愛我。」安東說道。「我喜歡像她一樣瘦瘦高高的女子。莎拉又矮又胖，讓我憐憫。你懂嗎？不過有時她很令我厭煩。」

他疲倦的樣子很好看。兩人沿著渡船街[3]往下走，在一致同意下，又進入一家外觀蕭條的酒吧菸草店。他們看著對方，沒有笑容，卻不嚴肅。點唱機播著一首老舊的史特勞斯華爾滋，一個醉鬼在吧台角落踉踉蹌蹌配著音樂踏舞步。很晚了，非常晚。露西爾內心響起一道細微的聲音。*查理一定擔心死了。這男孩甚至不討你喜歡，回家吧。*

可是突然之間，她的臉頰往安東的短外套一靠。他伸出一隻手臂把露西爾摟在自己懷裡，頭依偎著她的髮絲，一語不發。她覺得一股奇異的寧靜落在他們身上。老闆、醉鬼、音樂、燈光，仍然存在；或者該說她本人從來不存在。她再也不知身處何處。安東坐計程車送她到她家門口，然後兩人禮貌地說再見，沒有留下彼此的地址。

譯注

1 里沃利路（Rue de Rivoli）：位在巴黎中心的第一區，塞納河右岸，東西向。

2 水城（Deauville）：法國諾曼地沿海城市，每年九月初於此舉行美國電影節。

3 渡船街（Rue du Bac）：位於巴黎第七區，在塞納河左岸，南北向。

5

可是他們很快又見面了。戴安娜爭風吃醋，那晚在場的女士此後很難想像邀請戴安娜而不邀請查理。更正確的說法是，邀請安東而不邀請露西爾。戴安娜換了陣線：她以前整整二十年堅守劊子手的崗位，現在卻變成了犧牲者。她嫉妒，她露出了這個弱點，她完了。閒言閒語悄悄流散在春天的巴黎。「觀點逆轉」是上流社交圈的特有現象，因此，以前使她擁有聲望和魅力的所有一切，現在成了她的缺陷：她的美「已經不是她年輕時候的那種美了」；她的珠寶「不夠」了（然而一個星期之前，她隨便哪項珠寶對她任何一個女友而言都算是非常足夠）；甚至連她的勞斯萊斯豪華轎車也不放過，「至少這部車還會是她的」。可憐的戴安娜，欲望完全倒轉；她會用脂粉損壞自己的臉孔，她會用鑽石挫傷自己的心，她會帶隻哈巴狗坐車兜風。總而言之，總而言之，她會很可憐。

她知道一切。她對她的生活圈瞭如指掌，而且幸運的是，她三十歲時曾和一個聰明的作家結婚。那個作家曾向她指出社交圈的一些小環節，之後便對這個圈子感到恐懼而逃之夭夭。戴安娜的勇氣要歸功於她的愛爾蘭祖先、她幼時有個虐待狂保母、以及使她不需要折身於任何人的巨額財產。不管怎麼說，厄運使人折腰屈服，特別是女人。戴安娜以前幾乎沒有感情的困擾。當她看一個男人，向來只是因爲這個男人在看她；可是現在呢，她發覺自己不由得窺伺安東的背影，因而感到驚恐。不過，她也懂得思考以感情之外的辦法來留住他。

他要的是什麼？他不愛錢。他在出版社工作的薪水少得可憐，因此，當他無法出錢邀請她，他就乾脆不出門，她經常得在家和他單獨面對面吃晚餐。六個月之前，這種生活方式對她而言是無法想像的。幸虧巴黎有很多首映典禮、晚餐、晚會，經濟能力好的人在此不乏許多免費餘興的邀請。安東有時候會心不在焉地說他只喜歡書籍，說有一天他在出版界會出人頭地。的確，在派對上，他只在遇見能和他嚴肅地談點文學的人的時候才有興致聊天。由於這一年很流行有個作家情人，因此稍微恢復勇氣的戴安娜跟他談起龔固爾文學獎[1]，他卻說他不懂得寫作，而且更嚴重的，他還說編寫一本書的必要條件是要懂得寫作。她會鼓勵他，說些：「我肯定只要你想……」或是「想想那個人……」之類的話，但安東只會大聲反駁「不可能」，而他從來不大聲說話的。他不會出人頭地，他最後的結果就是在何努特出版社當個校對員，月薪只有二十萬法郎，五十年後整天爲莎拉哭泣。但是目前她愛他。

晚餐回家之後，她通宵失眠：安東凌晨才回到家——回到他自己的家，而且喝醉了。她每隔一個鐘頭撥電話給他；萬一聽到他的聲音，她會立刻掛掉電話。她只是想知道他在哪兒。到了早上六點半，他才終於接起電話，用孩子氣的口吻簡短低聲說「我很睏」，連問也沒問是誰打的電話。他一定是在聖傑曼大道[2]的酒吧整夜閒混，說不定跟露西爾在一起。不過，她不可以向他提起露西爾，永遠不要說出自己害怕的人的名字。第二天，她打電話給克萊兒，爲前一晚提早離開的事道歉，說自己整晚頭痛得很厲害。

「你的氣色的確很不好。」克萊兒很和氣也很諒解。

「我不年輕了，這些年輕人眞累人。」戴安娜冷冷說道。

克萊兒笑了起來，兩人心照不宣。她很喜歡影射，更正確的說法是喜歡一針見血的風流話。在講自己情人的雄偉之風時，沒有人使用的字眼要比上流社交圈女子間的交談來得更精準，更專業。就好像她們經常對自己的服裝師使用激情的形容詞，結果只剩下了重量、尺寸這些字眼來形容自己的情人似的。接著，她對安東有兩三句相當恭維的評語。克萊兒有點焦躁，戴安娜什麼都不透露，她只好先出擊。

「那個露西爾笑起來像住校生一樣瘋瘋癲癲，眞有點討厭。她快有三十歲了吧？」

「她灰色的眼睛很漂亮。如果是這點把查理給迷住……」戴安娜說道。

「他跟她在一起有兩年了，說來也該算很久了。」克萊兒嘆口氣。

「我跟他在一起也一樣久，寶貝，你可別忘了。」說到這裡，兩人大笑幾聲，然後高興地掛下電話。戴安娜以爲把事情淡化了，但克萊兒會對別人說，一向任意行事的戴安娜竟在中午打電話跟她道歉。戴安娜忘記了一項基本原則：在巴黎，永遠別爲任何事道歉，而且只要自己高興，愛做什麼便做什麼。

強尼受了克萊兒的指示，讓查理受邀去參加一場戴安娜也出席的戲劇首演。大家說好戲劇結束後到某個地方吃晚餐，而且「只限朋友參加」。克萊兒除了覺得讓露西爾和安東再度碰面很好玩，還很肯定查理會自願負擔晚餐費用。這安排很恰當，因爲強尼算是破產了，也不能再讓戴安娜付帳；此外，她也記不起來事先有沒有想到多邀請另一個有錢人。現在，有錢人變得很珍貴，也很稀少，因爲目前唯一眞正被照養得很奢華的人是男人的情夫。不管怎麼說，這齣戲肯定很有趣，因爲這是碧珠．杜卜瓦的戲，而碧珠．杜卜瓦是個懂得什麼叫做戲劇的演員。

「寶貝，你要怎樣？」在開往「戲坊」劇院的計程車上，克萊兒對強尼說道。「我呀，我受不了你的現代劇。我只要看到演員坐在短沙發上結結巴巴念些探討生命的台詞，我就煩死了。」她說得帶勁。「不瞞你說，我還是比較喜歡通俗喜劇。強尼，你在聽我說話嗎？」

本季以來，這是強尼第十次從她口中聽到這句話，他點了點頭。克萊兒很親切友善，但是她充沛的活力實在令他感到筋疲力盡。他突然有股下車的衝動，想沿著人群麇集的克里齊大道[3]走，想買包薯條吃，甚至還很想讓小流氓揍一頓。克萊兒的詭計對他而言太過單純，而讓他驚訝的是，她的詭計總是能夠得逞。

許多應邀人士在唐庫爾廣場[4]上轉來轉去，打招呼，互相肯定這是全巴黎最漂亮的劇院，這是個非常有鄉村氣息的小廣場。露西爾從某家咖啡館出來，旁邊跟著查理。她在長椅上坐下，吃一份很大的三明治。幾個飢腸轆轆的人指責了一會兒，跟著也依樣畫葫蘆。戴安娜的車子靜悄悄開到，恰好就停在長椅前面。安東先出來，再扶戴安娜下車，然後轉身。他看到露西爾滿嘴食物、一臉幸福的樣子，還看到表情尷尬的查理站起身向戴安娜打招呼。

「天啊，你在野餐啊？眞是個好主意。」戴安娜說道。

她迅速向四周瞄了一眼，看到艾梅·德吉特、杜杜·威爾遜、貝爾特夫人，全坐在長椅上吃東西。

「九點了。表演十五分鐘之後才開始。安東，好心點，趕快去那家咖啡館，我餓死了。」

安東遲疑不決。露西爾見他雙眼看著咖啡館，又看著戴安娜，最後做出一個無可奈何的姿態，然後穿過街道。他推開咖啡館的門。就在這時，露西爾看到老闆站起來繞過吧台，表情哀傷，和安東握手。服務生也跟著過來。她只看到安東的背，她覺得他彷彿往後退步，覺得他的身子彷彿遭受痛打一樣慢慢縮起來。她倏地想起來：是莎拉的關係。是同一家劇院。莎拉來這兒排練的時候，安東肯定都在這家咖啡館等她。這家他再沒進去過的咖啡館。

「安東到底在做什麼？他一個人在喝酒啊？」戴安娜問道。

露西爾轉頭望去，看到手上空空如也的安東倒退著身要跨過門口，像在道歉一樣。老闆娘也來了，握住安東的手點著頭。他以前在這裡等莎拉的時候一定常和老闆娘說笑。在演員排練的期間，劇院附近的咖啡館總是氣氛歡樂。

「他怎麼啦？」戴安娜說道。

「莎拉。」露西爾並未看她就回答。

她聽到這名字，有點不安。但是她知道不可以問起與莎拉有關的問題，不可以對他聊起莎拉。他像個瞎子一樣臉色平靜地走到她們前面。她倏地明白，猛一轉頭看著露西爾，動作如此突兀，露西爾嚇得身子往後退。沒錯，戴安娜差點要打她。原來這個女孩也知道莎拉的事。露西爾沒有權利知道。安東是屬於她的，包括他的歡笑，包括他的悲傷。深夜時分，他是在她的肩膀上夢見莎拉的。莎拉的回憶是和她比較之下，他才更喜歡莎拉的回憶。劇院的鈴聲響了。她拉住安東的手臂拖著他走。心不在焉的安東任她拉著，禮貌地向幾位評論家、向戴安娜的幾個朋友道好，幫她在位子上坐好。三道鼓聲[5]迴盪著。漆黑之中，她身子靠向他。

「我心愛的可憐人。」

她握住他的手，他讓她握著。

譯注

1 龔固爾文學獎（Goncourt）：一九〇二年創立，是法國最受重視的文學獎。
2 聖傑曼大道（Boulevard Saint-Germain）：位在巴黎中心地帶的第五區和第六區，塞納河左岸，東西向，是知識分子聚集之地。
3 克里齊大道（Boulevard de Clichy）：位於巴黎北部第十八區，東西向，有紅磨坊夜總會及許多色情商店。
4 唐庫爾廣場（Place Dancourt）：位在巴黎北部的十八區，在聖心堂附近。
5 法國劇院在開演前，會先敲三下鼓。

6

中場休息時間，他們分成兩組。露西爾和安東遠遠地相視而笑，這是他們第一次喜歡上對方。她漫不經心地倚著查理寬厚的肩膀，不知說些什麼；他則一直看著她。他很喜歡她的頸部曲線、微微在笑的嘴唇線條。他很想穿過人群去吻她。很長一段時間以來，他沒有暗自裡對一個陌生女子擁有欲望過。恰好就在這個時候她轉過頭來，與安東的目光相遇。她認出他目光的含意後靜止不動，接著向他露出一個尷尬的微笑。她從來沒想過安東長得俊不俊，想不到要等到安東對她有欲望後，她才受到他的俊美吸引。她一生都是如此，僅僅對喜歡她的人感興趣——是一種幸運，還是一種厭惡糾葛的近乎病態的心理。她轉頭背對著他，腦海裡又出現安東漂亮的嘴唇和近乎金色的雙眼。她心想，那天晚上究竟爲了什麼荒謬的原因，兩人居然沒接吻？查理感覺到她身子離開了他的肩膀，於是注視著她，立刻認出了她喜歡一個人的時候會有的那種若有所思、溫和、幾乎是柔順的表情。他轉頭看到安東。

離開劇院時，這群人又聚在一起。克萊兒對戲劇、對一名印度公主穿戴的珠寶、對溫暖的天氣讚賞不已，整個人處在飄飄然的興奮境界。他們不知該挑哪一家餐館，最後決定去瑪恩餐館[1]吃晚飯，好讓克萊兒高興，因爲餐館有漂亮的草坪和新鮮的夜晚空氣。戴安娜的司機在等著，可是查理突然走到她前面。

「戴安娜，做個好人，讓我坐你的車子去吧。我們是開露西爾的敞篷車來的，今晚我覺得自己很老，又有感冒。把安東交給她吧。」

戴安娜不動聲色。克萊兒反而雙眼瞪得大大的，不解地看著他們。

「當然可以。待會見，安東，車子別開太快。」

四人一起坐上勞斯萊斯。露西爾和安東留在行人道上，有點目瞪口呆。查理也好，戴安娜也好，兩人都沒回頭看他們，反倒是克萊兒向他們眨了一眼。這眼神讓他們不知所措，只好假裝沒看到。露西爾沉浸在思緒裡。查理的個性是相當寬容的，可是他怎麼猜得到她自己在一個鐘頭之前才意識到的欲念呢？很煩人。她只跟查理永遠碰不到的男人有外遇。假使在這世界上有一件事情令她憎厭，那就是一對情人在第三者背後暗通款曲，以及像克萊兒這樣的旁觀者暗自竊笑。她不願意有這種事發生。安東搭上她的肩膀，她搖了搖頭。畢竟生命是很單純的，天氣很溫和，而且她喜歡這男孩。看著辦吧。在她三十年的生命裡，她對自己說「看著辦吧」這句話的次數多得無法勝計。她笑了起來。

「你爲什麼笑？」安東說道。

「我笑我自己。車子在前頭。我鑰匙放在哪兒？你會開車嗎？」

安東開車。剛開始兩人都不說話，坐在頂篷敞開的車上呼吸夜晚的空氣，內心充滿焦慮。安東慢慢地駕駛，開到星辰廣場[2]時才轉頭看她。

「查理爲什麼做這種事？」

「我不知道。」她說道。

他們立刻醒悟：透過方才這一問一答，兩人等於承認了中場休息時彼此偷覷的含意。現在他們在彼此之間擱置了某種東西，而且再也不能改變。她應該回答「什麼？什麼事」，把查理的舉動變成一個得了感冒的人的明智之舉。太遲了。她現在只有一個願望，就是趕快抵達餐館。如果安東舉止粗俗或有鄙陋的念頭，那麼她就能夠很快擺脫心中的不安，可是安東一語不發。他們穿過森林，沿著塞納河行駛。兩人坐在這部隆隆作響的敞篷車內，看起來一定很像一對有錢的年輕戀人：彷彿她是杜朋紡織廠的千金，而他是杜卜瓦糖廠的公子，在雙方家長的同意下，八天後他們要在夏悠宮[3]結婚，將來會生兩個孩子。

「又是橋。」安東邊說邊轉方向盤，往瑪恩餐館的方向駛去。「我們一起走過的橋眞多。」

這是第一次影射他們一起度過的那個夜晚。露西爾突然想起，在那家小酒吧內，她曾把臉貼上他的外套。她完全忘了。她變得侷促不安。

，「沒錯，是的。的確……」

她抬手做了一個含糊的動作，安東飛快抓住她的手，輕輕握著不放。車子開進公園。哦，他握著我的手穿過公園。現在是春天，沒什麼好大驚小怪的，我可不是十六歲的小女孩。露西爾心裡這麼想，然而一顆心跳得很吃力，覺得血液彷彿從臉孔和雙手退散，全湧到喉嚨裡，令她有窒息感。安東把車子停下來時，她頭腦模糊不清。安東把她摟在懷裡，瘋狂吻她。她發現安東跟她一樣微微發抖。接著，他挺直了身子看著她，她也看著他，僵直不動，直到他再度靠近她，轉而慢慢地、莊重地吻她，吻她的顴骨，吻她的臉頰，然後又回來吻她的嘴唇。凝視著眼前這張平靜專注的臉孔，她知道她今後將經常看到這種表情的他，也知道她將無法抗拒。她忘了人的欲念強烈到這種地步。她一定在做夢。有多久了？兩年，三年？她想不起另一個人的臉孔。

「我是怎麼啦？」安東嗓音焦慮，在她髮間說道。「我是怎麼啦？」

她笑著，臉孔緊緊貼在安東的臉頰上摩挲，他也跟著笑起來。

「我們必須回去。」她低聲說道。

「不行，不行。」安東放開她的身子，就這一瞬間，兩人即刻感受到一種痛苦，也因此明白了一切。

安東隨即發動車子，露西爾胡亂補妝。勞斯萊斯已經停在那兒。他們想到：

在巴黎時，他們很有可能曾經超過這部車；這部車可能就跟在他們後頭進入公園，在遠光燈下看到他們像兩隻夜鳥一樣依依偎偎。他們先前竟沒想到。車子停在小廣場上，象徵權力、奢華、枷鎖，而停在旁邊的小敞篷車卻顯得十分年輕、脆弱。

露西爾在卸妝。筋疲力盡的她注視著眼角和嘴角新出現的小皺紋，心中自問這些皺紋意謂著什麼，這些皺紋來自何人或是何處。這些皺紋並非來自激情，也非來自辛勞。一定是輕浮、閒散、娛樂的記號。一時之間她很厭惡自己。她摸摸額頭。這一年來，她厭惡自己的時刻愈來愈頻繁。她必須去看醫生。一定是心理壓力造成的。她會吃些維他命，然後又能快快樂樂繼續浪費她的生命（或幻想她的生命）。她聽到自己憤怒的嗓音說出：「查理，你爲什麼留我單獨和安東在一起？」

與此同時，她明白自己爲的是尋找一些刺激的事，一些悲劇，一些除了厭惡自己之外的其他任何事。而受罪的會是查理，受苦的會是查理。她只喜歡極端，這是一回事，然而讓其他人忍受她的極端，又是另外一回事。不過，話已經說出去了，就像一把標槍一樣，穿過臥室，穿過走廊，最後擊中在房間內慢慢脫衣服的查理。他非常疲倦，一時間想逃避問題，對她說：「怎麼啦？露西爾，我感冒啊。」她不會堅持的，因爲她對眞相的追求、她「思潮起伏的時刻」，永遠不會維持很久。可是他太想知道了，他太想受苦了。他確實永遠失去了對息事寧人的愛好。二十年來，就是這個愛好讓他能假裝對情婦的外遇一無所知。他答道：

「我想你喜歡他。」

他沒轉身。他對著鏡子看自己，很驚訝自己臉色沒有發白。

「你眞的要把我扔到我喜歡的男人懷裡嗎？」

「不要責怪我，露西爾，如果是這樣，這是個太不好的預兆。」

她走過來，雙臂纏在他的脖子上，嘴裡含含糊糊說著「原諒我」。他在鏡子裡只看到露西爾的深色頭髮，一綹長長髮絲飄散在他手臂上。他感到內心有同樣的刺痛，同樣的哀傷。「我所愛的就是這些，這些永遠不會完全屬於我。她將會離開我。」此時此刻，如何能想像愛上另一綹髮絲、愛上另一個人呢。熱戀當下，愛情也許只建立在這種無法挽回的感覺上。

「我不想說那句話，可是我不喜歡……」

「你不喜歡我獻殷勤。」查理轉身對著她。「不過你放心，我不是這樣的人。我想證實一些事情，如此而已。」

「那你證實了什麼？」

「你踏進餐館時的表情，你避免看他的樣子。我很了解你。你喜歡他。」

露西爾放開他。

「那又怎樣？喜歡上一個人，同時不讓另一個人因此而受苦，眞的完全辦不到嗎？我難道永遠得不到平靜？什麼是規則？你把自由怎麼樣了？你把，把……」

她的話含糊不清，口齒也結結巴巴。她同時還有一種不被了解的感覺——向來如此。

「我沒有把我的自由怎麼樣。」查理笑著說。「你知道我愛你。說到你的自由，我覺得你是有的。你喜歡安東，就是這樣。你要不要讓這感情繼續發酵，我以後知道還是不知道，非我能力所及。」

他穿著晨褸躺在床上。露西爾站在他前面。他起身坐在床沿。

「沒錯，我喜歡他。」露西爾一臉迷惘。

他們看著對方。

「如果眞是如此，你痛苦嗎？」露西爾問他。

「會的。爲什麼問？」

「你要是不痛苦，我會離開你。」她話說完後，在查理的床上側躺下來，枕著手臂，蜷縮身子，臉上是解脫的神情。兩分鐘之後，她進入夢鄉，而查理很難讓兩人都蓋到被子。

譯注

1 位在巴黎西南郊的聖克露德公園（Parc de Saint-Cloud）裡。

2 星辰廣場（Place de l'Étoile）：位在香榭麗舍大道的西端，當中是凱旋門。

3 夏悠宮（Palais de Chaillot）：位在巴黎西部，面對鐵塔。

7

他從強尼那兒得到她的電話號碼，第二天早上便打電話給她。下午四點鐘，兩人在他家，在他普瓦伽街的房間見面。那是一個半像學生宿舍、半像規矩男子的房間。一開始她沒看到房間的樣子，只看到安東一語不發、連一句簡單的歡迎也沒有就直接吻她，彷彿他在聖克露德公園離開她，只是片刻前的事。在情如烈火的一男一女身上發生的事，就在他們身上發生。很快地，他們記不起以前是否體會過歡樂，他們忘了自己軀體的極限，而羞恥或大膽的詞彙一個個變得很抽象。想到一小時或兩小時之後必須分開，他們覺得這似乎是個罪過。他們已經知道另一個人的任何動作永遠不會令人厭煩。他們低聲吟著一些充滿愛欲，露骨、笨拙、幼稚的字眼，而這些字眼是他們方才再度發現的。他們讓彼此得到歡樂，也從對方那兒得到歡樂，在驕傲和感激下一再投入對方的懷抱。他們也明白此時此刻有多麼特殊，明白贈予一個人的最佳禮物，莫過於發現那人的不足。無法預料的是，眼下難以避免的肉體之愛，將把原應短暫的豔史變成了生命裡舉足輕重的事件。

天色逐漸暗下來，他們拒絕看時間。他們抽著菸，頭往後仰，像兩個疲倦的鬥士，也像兩個勝利者一樣，一起呼吸留在身上的氣味，充滿著愛、激情、汗水的氣味。被子擱在地上，安東的手歇在露西爾的胯骨上。

「我再也不能遇見你而不臉紅了。也不可能看到你離開而心裡不難過，也不可能在別人面前跟你說話時而不把目光掉開。」露西爾說道。

她手撐在床上，看著雜亂無章的房間以及狹窄的窗戶。安東摟著她的肩：她的背很直，很光滑；和戴安娜的差距是十歲以及整個人生。露西爾轉頭看他，他正好縮手，因此，就那一瞬間，他幾乎是凶猛地攫住了她的下巴。露西爾的唇緊貼在他的手掌心，他緊縮的手指貼在她的臉孔四周。兩人看著對方，不發一語地互相許諾，不管發生什麼事也要有上千上萬個這般時刻。

8

「好朋友，別這副臉色。這是雞尾酒會，可不是恐怖電影。」強尼說道。

他把一杯酒放在安東手中。安東不自覺地笑，雙眼緊盯門口。他們待了將近一個鐘頭，都快九點鐘了，而露西爾還沒到。她在做什麼？她答應過要來的。她在他家門口對他說話的聲音他還記得。「明天，明天。」從那時以後，他再也沒見過她。也許她不在乎他？畢竟她靠查理照料維生，是個靠情夫養活的女子，隨隨便便也找得到另一個像他一樣的年輕小伙子。也許前天又紅又黑的下午是他幻想出來的，也許對她而言，那個下午即使與其他男子在一起也沒有任何不同。也許他是個愚蠢又自命不凡的人。戴安娜陪著男主人，一個「酷愛文學」的美國人，往他走過來。

「威廉，你認識安東的。」她以肯定的語調說道，彷彿不可能有人不曉得安東是她的情人。

「當然。」威廉帶著打量的笑容說道。

安東氣憤莫名，心想：他也許會把我的上唇掀起來，好看看我的牙齒。

「威廉跟我聊了美國小說家費滋傑羅許多不可思議的事。費滋傑羅是他父親的朋友。」戴安娜說道。「安東很熱愛他的小說。你一定要一五一十全告訴他，威廉，絕對要全部……」

她最後幾句話沒進入安東耳中，因爲他看見露西爾正好進來，掃視客廳一眼。安東明白了強尼剛剛的笑話，因爲露西爾的臉就跟五分鐘之前他的臉一樣，充滿了驚恐的表情。露西爾看見他之後，站住不動，他則情不自禁朝她走了一步。安東頓覺昏頭轉向，只想著：我要走到她前面，把她抱在懷裡，吻她的嘴唇，我不在乎其他人。

露西爾明白他的意圖，差點任他行事。夜晚和白天實在太長了，查理遲到太久了，害她整整兩個小時擔心會到得太晚。兩人靜止不動，面對面站著。露西爾唐突地轉身，那是一種惱怒自己無能的動作。她不能這樣做；她很想認爲是不願讓查理受苦，但其實明白是因爲她害怕。

強尼就在她旁邊，面帶笑容，同時以奇怪的關切態度打量她。她也回他一笑，接著，他抓住她的手臂把她帶到酒菜台子前。

「你嚇到我了。」他說道。

「爲什麼？」

她看著他的雙眼。不會已經開始了，不會這麼快。同謀者，朋友們，消息靈通的人，嘲笑聲。不可能的。強尼聳聳肩。

「我很喜歡你。」他輕聲說道。「你會嘲笑我，不過我很喜歡你。」

他嗓音的某種語調讓露西爾很感動。她看著他。他一定很孤獨。

「我爲什麼要嘲笑你呢？」

「因爲你只對討你喜歡的人感興趣，其他人都讓你覺得煩。不是嗎？在我們的小圈子中，這不算壞，能讓你在相當長的一段時間內保持純潔之心。」

她對這些話是聽而不聞。安東消失在一群人後面，消失在客廳的另一個角落裡。他在哪兒？你在哪兒，我的傻蛋，我的情人。安東，你那瘦骨嶙峋的高個子躲在哪兒？你如果看不到離你僅僅不過十公尺的我，你那雙金色的眼睛做什麼用呢？傻蛋，親愛的傻蛋。她心中充滿一股溫馨之情。強尼在說些什麼？當然的，她只喜歡討她喜歡的人，而討她喜歡的人是安東。幾年以來，她第一次掌握住一件事實。

強尼既羨慕又傷感地看著這件事實。他的確很喜歡露西爾。他喜歡她閉口不語的樣子，也喜歡她無聊和歡笑的樣子。現在，他觀察著這張變年輕、帶著稚氣、充滿欲念而幾乎變得野蠻的新臉孔。他想起很久很久以前，他也是這樣欲死欲活地對某個人懷有強烈的欲望。那個人叫羅傑。是的，他也曾在等待羅傑來到沙龍的時間裡，一會兒覺得自己彷彿快死了，一會兒又感到生命綻放光采。在愛情裡，有幾分是眞實，又有幾分是幻夢呢？不論如何，這個小安東沒有浪費時間。就在前天，安東向他要了露西爾的電話號碼。很鎮靜的，彷彿這是男人之間很理所當然的事。說也奇怪，兩人之間的關係有點像串通共謀的同伴。強尼甚至不考慮把安東打電話的事告訴克萊兒，然而克萊兒要是知道了，肯定欣喜莫名。還有些小事情強尼是不會做的，生命太可貴了。

戴安娜沒注意到安東的舉動，因爲露西爾進來的時候，她的衣服湊巧被獨腳圓几勾住了。只有威廉看到這個年輕人一聽到費滋傑羅的名字反而離開，心中感到驚異。不過安東很快就回到他們身邊，現在正幫著戴安娜解開勾住的衣服，還弄跌了幾個玻璃裝飾品。

「你的手在發抖。」戴安娜半高著嗓門說道。

在大庭廣眾之下，她通常以「您」這字眼稱呼安東，偶爾在意外的情況才用「你」，可是近來「意外情況」有點太頻繁了些。安東責怪她。其實這兩天以來，他對她的一切都看不上眼。他責怪她的睡眠、她的嗓音、她的高雅、她的舉止；他還責怪她的存在，責怪她只是一個工具，能讓他參加露西爾也出席的沙龍。此外，他還責怪自己從那時起無能碰她。她很快就會擔心這件事。在這方面，安東的表現一直非常規律，這是他的性感和冷漠混合在一起而產生的。他不知道的是，他的失能反而給戴安娜帶來一些希望，因爲她有時候實在害怕這個效牽強、沉默寡言、沒有詩意的情人。愛情能吸收一切，包括和希望完全相反的徵兆。他以眼睛尋找露西爾。他知道她在這兒，他怕她出去，因此留神注意門口的動靜，就跟剛剛希望露西爾進來而看著門口一樣。背後響起查理的聲音，他嚇了一跳。他轉過身，很熱情地和露西爾握手，接著和查理握手。他又看見露西爾帶笑的雙眼，他心中湧現出一股勝利、幸福無比的情懷，這情懷如此強烈，使得他咳著嗽好掩飾自己的表情。

查理說道：「戴安娜，前幾天我向你提到的義大利畫家波狄尼的那幅畫，就在威廉手上。威廉，你一定要讓她看看。」

剎那間，安東的目光和查理的目光相會。之後，查理在威廉及戴安娜的陪同下離開。那是憂鬱、焦慮、非常誠實的目光。他痛苦嗎？他猜到了嗎？安東還沒問過自己這些問題。他只關心戴安娜——恐怕也說不上，他對她的的關心是如此淡薄。自從莎拉去世後，他從來沒對自己問過有關其他人的任何問題。此時，他獨自一人面對露西爾，內心默默問她：「你是誰？你要我的什麼？你在這裡做什麼？對你而言我是什麼？」

「我以爲我永遠到不了。」露西爾說道。

我對他一點也不了解。露西爾心想，我只知道他做愛的方式。我們爲什麼如此愛戀對方呢？是其他人的錯。假使我們兩人都是自由的，都不受監視，我們一定會比較平靜，血會比較溫和。她一時想掉頭離開，去找那群看畫的人。等著她的前景是什麼？謊言、匆忙？她接過安東遞給她的香菸。安東拿著一根點燃的火柴遞給她，她伸手過去攏著火，立刻認出這隻手的體溫和觸感。她前後兩次垂下眼睛，彷彿私下對自己許諾。

「你明天來嗎？」安東倉促問道。「同一個時間？」

在無法確知何時能再度把她摟在懷裡之前，安東覺得自己似乎不能有片刻的安寧。她點了點頭。安東的心情就像退潮一樣，充滿平靜，一時之間還自問這個約會對他而言是否可有可無。然而，他讀過的書多得足以想到：能讓愛戀加速的，正是焦慮──或許比嫉妒更來得深入。此外，他很肯定，只要在這大廳當眾伸出手把露西爾拉到自己懷裡，就能引發眾怒，就是一件無可挽回的事。就是這確信，使他不伸出手，甚至使他因而得到一種他不甚了解的、既曖昧又強烈的快感。隱藏心事的快感。

「孩子們，怎麼啦？你們把我們的朋友弄到哪兒去了？」

克萊兒宏亮的嗓音把兩人嚇了一跳。她一手搭著露西爾的肩膀，同時以估量的眼光看著安東，彷彿嘗試替代露西爾的位子，而且已經達到目的。「女人之間同謀共伙的好戲來了」，露西爾心想。令她吃驚的是，她並不生氣。沒錯，安東的表情又尷尬又果斷，他這樣子很俊美。他一定太漫不經心而無法長久撒謊。他適合讀書、大踏步走路、做愛、沉默不語，而不適合交際。比她自己更不適合。她的灑脫和她的無憂無慮就像一套潛水衣，能使她在上流社交圈的深淵裡經得起任何考驗。

安東帶著傲慢的語調說：「有個叫威廉的人家裡有幅波狄尼的畫，戴安娜和查理過去欣賞了。」

他發覺這是他第一次直呼查理的名字。莫名地，欺騙一個人會強迫你對他產生一股親近感。

克萊兒叫了起來：「波狄尼的畫？這可是最新消息！威廉在哪兒找到的？我怎麼不知道。」她氣呼呼說道。每當她發現她綿密的消息網有漏洞就會生氣。「可憐的威廉一定又被騙了，只有他這個美國人會買波狄尼的畫而不事先請教桑多斯。」

克萊兒批評了威廉的愚蠢和輕率之後，氣稍微消了一點，於是再度把注意力轉移到露西爾身上。也許是讓這個小妮子爲她的無禮、沉默、以及拒絕按照規矩行事而付出代價的時候了。露西爾抬起雙眼看安東，臉上露出笑容。那是一個很寧靜、很開心的笑容，一個很放心的笑容。「放心」，就是這個詞眼。一個女人對一個男人如果沒有親密的認識，不會有這種笑容。什麼時候的事？他們是什麼時候在一起的？克萊兒的思維以超快的高速在運轉著。嗯，在瑪恩餐館吃晚飯是三天前的事，兩人當時還沒在一起。一定是某個下午。巴黎再也沒人在晚上做愛了。一般來說，晚上每個人都太累了，更何況他們身邊都還有另一個人。難道是今天？她在強烈的好奇心驅使下，兩眼發光，鼻子繃得緊緊地看著他們，想從他們身上察覺出歡樂的跡象。露西爾明白她的意圖，忍不住大笑起來。克萊兒連忙正色，臉上原先的獵犬表情消失了，取而代之的是比較溫和、比較柔順的表情，一副「我知道一切，我容許一切」的樣子。可惜這表情沒人注意。

原來安東正看著露西爾，信心十足地和她一起笑，很高興看到她笑，也很高興知道隔天在做完愛之後，在那般幸福又疲倦的時刻，她會在他床上向他解釋她此時發笑的原因。因此他沒問她爲什麼笑。許多男女私情就是這樣曝光的，因爲沉默不語，因爲不發問，因爲一句沒去反駁的話，因爲一個故意選擇的微不足道，因爲太微不足道而顯得怪誕的暗語。不論如何，不管是誰看到露西爾和安東在一起歡笑，看到他們幸福的表情，絕不會弄錯。他們也隱隱約約感覺到了，但他們帶著有點驕傲的心理，享受著波狄尼那幅畫贈予的空閒時刻，這段讓他們互相對看，互相取悅，同時不引起內心驚慌的時刻。克萊兒及在場的其他人反而更加深他們的愉快，儘管他們私底下不承認。他們覺得自己很青春，幾乎像是無視規矩做了某些不該做的事卻還未受到懲罰的孩童一樣。

戴安娜穿過人群走回來，偶爾迅速轉身向某個殷勤的朋友走過去，那人執起她的手輕吻，而她立刻把手抽回來就離開，連善意的問候語或是對她美貌的讚歎都沒回應。戴安娜，你好嗎？戴安娜，你眞美。戴安娜，你這件漂亮的衣服是哪兒來的？話聲此起彼落，而她只想脫身，想趕快回到那個陰暗且不吉祥的角落，她把情人、愛以及讓他感興趣的那個女子留在一起的那個角落。

她恨查理把她帶到離客廳很遠的地方，她恨波狄尼，她恨威廉講述買畫經過時又乏味又沒完沒了——他用很便宜的價錢買下那幅畫，當然，那是個獨一無二的機會，因爲可憐的商人不懂波狄尼的畫。有錢人永遠愛揀便宜的怪癖眞讓人討厭。就因爲在名牌服裝店裡有折扣、在卡地亞珠寶店裡有特價，他們就覺得很驕傲。她不需這麼做，謝天謝地。她不像有些女子喜歡奉承商人，經濟能力允許她採取另一種作風。她一定要把這事告訴安東，肯定令他發笑。上流社交圈讓他感到好玩，他經常引用普魯斯特來評論這方面的事，還有很多其他事，常常讓沒很多時間讀書的戴安娜有點生氣。露西爾那女孩一定讀過普魯斯特的小說，從她臉上就看得出來。不用說，她和查理在一起肯定是有時間的。戴安娜站住不動，突然想到：天啊，我變成一個庸俗的人了。人眞的不能變老且不變得很庸俗嗎？她心中痛苦，她對著蔻蔻·德巴里樂微笑，她向對她眨一眼的馬新交換眼色，自己卻不明白爲什麼。她前後碰到十個面帶笑容、和藹可親的障礙物。她一路排除這些障礙，就是爲了要找在那兒笑、在那兒低聲笑的安東，她必須制止這個笑聲。

她又往前走了一步，然後放鬆地閉上雙眼：他正跟克萊兒說笑，而露西爾背對著他們。

9

「今晚的雞尾酒會眞吵鬧。現在的人酒喝得愈來愈多，不是嗎？」查理說。

車子在塞納河堤岸上慢慢行駛，天下著雨。露西爾像平常一樣頭靠著窗框，一些雨珠落在她的臉上。她呼吸著巴黎四月夜晚的空氣。半個鐘頭前，她和安東必須禮貌地互道再見時，他臉上出現絕望的表情。她現在想著這張絕望的臉孔，不禁讚歎起來。

「現在的人愈來愈害怕。」她語調快活。「怕衰老，怕失去自己擁有的東西，怕得不到自己想要的東西，怕無聊。他們是活在恐慌和永遠不能滿足的貪欲中。」

「你覺得很好玩？」查理問道。

「有時候讓我覺得好玩，有時候讓我感動。你不是這樣嗎？」

「我沒特別留心。我不是個很懂心理分析的人，你是知道的。我只是注意到有愈來愈多我不認識的人倒在我懷裡，有愈來愈多人在沙龍裡連步子也走不穩。」

他不能說，「我只對你感興趣，我花很多時間分析你的心理，我有一個揮之不去的念頭，就像你說的，我也一樣怕失去我擁有的東西，我也一樣活在恐慌和永遠不能滿足的貪欲中」。

露西爾縮進車內，然後看著他，突然覺得自己對他有一股非常深的溫情，她從來沒有如此深愛過他。一想到明天的約會，心中就有強烈的幸福感。她眞希望和他一起分享這個幸福。現在是晚上十點半，再十七個鐘頭，我就會在安東的懷抱裡。但願我明天睡得很晚，但願我不會感覺時間過得很慢。她按著查理的手。那隻手很細緻，保養得當，但手背上已浮現幾點黃斑。

「那張波狄尼的畫怎麼樣？」

她在設法討我高興，查理苦澀地想。她知道我是個生意人，同時也是個有品味的人。她不知道我五十歲了，不知道我非常不快樂。

「相當好，是創作高峰期的作品。威廉是白得了那幅畫。」

「威廉所有的東西都是白得。」露西爾笑著說。

「戴安娜也這麼對我說。」查理說道。

兩人默默不語。露西爾想著：我不能在他一提到戴安娜或安東的時候，就擺出難堪的沉默態度，很愚蠢。我要是能告訴他眞相就好了。我喜歡安東，我希望跟他一起笑，投在他的懷抱裡。可是對一個愛我的人，能說這種殘酷的話嗎？他也許能夠忍受我和別人睡覺，可是絕不能忍受我和別人一起歡笑。我知道的，在嫉妒的世界裡，沒有一件事比笑更可怕。

「戴安娜的神情很奇怪。她回到客廳的時候，我正在跟安東和克萊兒說話。她樣子看起來呆呆的，有點失常……她令我害怕。」

她想笑。查理轉頭看她。

「害怕？你想說的是憐憫吧？」

「是的。」她很平靜。「也令我憐憫。對一個女人來說，變老不是一件快活的事。」

「對男人來說也一樣。」查理興致勃勃。「我可以向你擔保。」

兩人的笑聲虛假得讓彼此感到寒心。露西爾忖道：好啊，就這樣。我們避開正事，我們只開開玩笑，我們做他想要做的事。可是我呢，明天下午五點鐘我會在安東的懷抱裡。

她不喜歡冷酷，卻因發現自己能有冷酷的一面而感到很高興。

因爲沒有任何事、任何人、任何諫言能阻止她第二天和安東相見，阻止她再度去認識安東的軀體、氣息、嗓音。這點她很清楚，而且，由於她所有的計畫總是因爲情緒或氣候的改變而取消，所以她這股堅定的欲望令她驚訝，遠勝過剛才和安東的目光相遇時所體會到的極端快樂。她唯一在二十歲時遇到的愛情很不幸，使得她對愛情留下一個既尊重又傷感的奇怪印象，很接近於她對宗教的愛：是一種迷失的感情。突然之間她發現了充滿活力的愛，幸福的愛，此外，她覺得自己不再局限於一個人之後，生活似乎變得浩瀚，無法塡滿，輝煌燦爛。她每一天都很懶散，沒有依據感，因此她很害怕她僅剩的一點兒生命就要結束，害怕她永遠沒有足夠的時間去愛安東。

「露西爾，我必須去紐約一趟，不久就得出發。你陪我去嗎？」

查理的聲音聽起來很平靜，甚至預設露西爾已經同意。露西爾其實很喜歡旅遊，他也知道這點。她沒有立刻回答。

「爲什麼不？你去很久嗎？」

她心想：不可能的，不可能的。十天沒有安東的日子怎麼過？查理提出的條件不是太早就是太晚，不管怎樣，太殘忍了。我願意拿全世界所有的城市來交換安東的小房間。除了我們在漆黑裡的探險之外，我不想去其他地方旅遊，也沒有其他的探險。腦海湧現一個清晰的回憶，她心情蕩漾，轉頭望向街上。

「十到十五天。春天的紐約很漂亮。你只看過嚴冬的紐約。我還記得有一個晚上非常冷，你的鼻子凍得發青。你雙眼圓睜，怒髮直豎，而且以責備的眼神看我，彷彿覺得那是我的錯似的。」

他笑了起來，他的嗓音很溫柔，充滿著懷念。露西爾記得那年冬天的嚴寒，可是記不起任何溫馨的事。她就只記得計程車在旅館和餐館之間飛馳。是查理，總是查理記得令人懷念的美好情感。她覺得很慚愧。在情感上她也是靠查理養活，而這比其他任何事更令她感到不自在。她不想讓他痛苦，她不想對他撒謊，她不想對他說實話，她只是想讓他個人去猜想，而自己不需說明。是的，她的確是個十足懦弱的人。

他們每週相會二或三次。安東爲了編造離開辦公室的藉口，發揮極大的想像力。至於露西爾，反正她從來就沒對查理交代過白天的活動。他們又在同一個小房間見面，全身顫抖地沉浸在黑暗中，幾乎沒有時間交談。他們都不了解對方，但充滿著激情和憐愛的身體卻很相熟。絕對的情感讓他倆完全沉浸在當下這一刻，使得他們的記憶脫離腦海，使得他們分開之後，兩人怎麼樣都無法尋找出一個清晰的回憶，一個在漆黑中喃喃說出的字，一個手勢。他們離開彼此的時候，總像兩個夢遊者一樣，甚至心不在焉，直到分離兩個鐘頭之後，他們才再度開始等待相會時刻的來臨，彷彿等待是他們生命中唯一的生活意義，唯一的事實。其他一切都是死的。只有這個等待讓他們繼續知道時刻、時間，以及其他事情，因爲這些事情都變成了等待的障礙。露西爾在出發和安東相會之前，檢查了六次車鑰匙是否放在皮包裡，思考了十次去安東家的路線怎麼走，看了十次她一輩子一直擁有但從來不注意的鬧鐘。安東通知了祕書十次，說下午四點鐘他有個緊急約會。儘管他走路回家只需兩分鐘，他仍在四點差一刻的時候提早離開辦公室。他倆每次會合的時候，臉色都緊張得有點兒發白：她呢，因爲她以爲交通阻塞，永遠無法前進；他呢，因爲他遇見的一位自家出版社的作者不想讓他離開。兩人如怨如訴，摟抱得很緊，好似躲開了危難的侵襲，而這危難，即使是最慘的情況，也只不過是遲到五分鐘。

他們沉浸在歡樂的時候互相說「我愛你」，從來沒有其他話語。有時候，安東俯身低頭對著露西爾，而她正好閉住雙眼在緩氣時，他以指頭描繪她臉龐和肩膀的輪廓，溫柔說道：「我很喜歡你」。她笑著。他和她談論她的笑；他對她說，當她睜大雙眼對著別人笑，他爲她的笑感到很生氣。他說道：「你的笑太溫和，很令人擔憂。」「因爲我常在想其他事，那是待人和藹的一種方式。我看起來不是很溫和，我看起來是很迷惘。」他接著說道：「天知道你在想什麼，你好像總是在回想一個祕密，或是考慮在晚餐時耍個壞招的樣子。」「沒錯，我是在想一個祕密，安東……」她把安東的頭按在自己肩膀上，低聲細語：「不要想太多，安東，我們很好。」他閉口不語。他不敢對她說此時此刻有件事老是占據他的心神，也不敢對她說漫長的夜晚時分他爲什麼無法在假寐的戴安娜身旁入眠。「不能這樣繼續下去，不能這樣繼續下去，她爲什麼不在我身旁呢？」露西爾的無憂無慮，以及她對一切問題的否認能力讓他侷促不安。她拒絕談論查理，她拒絕一切計畫。她是因爲利益關係而依戀查理嗎？可是她好像很自由。當話題落在金錢上（事實上，沒有人會比錢太多的人更愛談錢……），她避免加入談話的態度是那麼自然，因此他無法想像她會帶著企圖心去做一件事。她對他說：「我喜歡順其自然。」她對他說：「我討厭占有的天性。」她對他說：「我很想你。」他無法調和這一切。他內心隱隱約約等著某件事情發生，等著有人發覺他們的私情，等著命運替他扮演男人的角色，而他爲此很蔑視自己。

安東知道自己是個懶散、性感，但有道德觀的人。他也許從來沒像喜歡露西爾一樣喜歡過另一個女人，不過他以前談過許多次戀愛。他在內疚的驅使下，把他和莎拉其實無足輕重的私情轉變成一個悲慘的愛情故事。他知道自己很容易成爲內心衝突的俘虜。其實，他對不幸和幸福幾乎擁有同樣的天賦，而露西爾只能讓他感到困惑。他不明白的是，她只在十年前戀愛過一次，而且她早忘了這樁戀愛史。他也不明白，她現在是把他們兩人的熱戀當作一個無法預測、意想不到、脆弱的美妙禮物，而她因爲近乎迷信，不願意考慮到後續發展。她喜歡等他，她喜歡想念他，她喜歡躲藏起來，就跟她也會喜歡和他一起度過白天的日子一樣，滿足於每個幸福時刻。兩個月來，儘管她發覺自己聽到有些可笑的愛情歌曲會感動，但她一點都不覺得和「絕對或是永恆」的感情有關，而這種感情通常就是愛情歌曲的主題。由於她唯一的道德觀就是不要撒謊，因此她不可避免地走向一種非自願但更深入的犬儒主義。似乎能夠對自己的感情做個分類，就會自動導向這種犬儒主義，然而虛僞作假的人、愛說謊的人，卻能夠一輩子活在狂熱的浪漫主義裡。她愛安東，可是她依戀查理；安東帶給她幸福，而她並沒有帶給查理不幸。她對兩人都很愛惜，而她不夠關心自己，以致她無法因爲自己感情分割而輕視自己。在完全缺少自滿的心理下，她變成一個很冷酷的人。總而言之，她是幸福的。

在很偶然的情況下，她發現自己也會痛苦。

巴黎有許許多多慶典活動。在偶然的安排下，他們分別去不同的劇院或晚會，因此她有三天沒看見安東。她和他的約會是下午四點鐘，她準時抵達，但很驚訝沒人替她開門。她第一次使用他交付的鑰匙。房間空無一人，百葉窗開著，她一時覺得自己走錯房間，因爲她每次來到時，房內總是很幽暗。安東一向只開一盞放在地上的紅色小燈，只照亮床和天花板的一角。在好玩的心理下，她繞了一圈這個既熟悉又陌生的房間，看看書架上書籍的名稱，觀賞一幅從來沒看過的一九○○年又滑稽又可愛的圖畫。她第一次想到自己的情人，就跟想到一名工作斷斷續續、相當謙虛的年輕單身漢一樣。安東是誰？他從哪兒來？他的父母親是誰？他的童年如何？她坐在床沿，可是突然有一股不自在的感覺，於是立刻起身，往窗邊走過去。她覺得自己在陌生人的家裡，她覺得自己闖進別人的隱私。這也是她第一次把安東看作「另一個」人，想著她從他的雙手、嘴唇、眼睛所知道的一切，不一定就是她不可分離的同枕人。他在哪兒呢？現在是四點一刻，三天以來她都沒見到他，而電話一直不響。她在淒涼的房間裡從門邊走到窗邊，她拿起一本書，不懂自己看什麼，又把書放下。她拿起電話筒，希望電話故障，可是電話好好的。他是否不想過來呢？她一想到這兒，整個人僵在房子中，全身不動，心神專注，就像銅版畫上剛剛遭子彈擊中要害的士兵一樣。她腦海裡立刻湧起一陣旋渦：她在安東眼中看到的責備眼神其實是因爲他心裡厭煩；有一次她問他爲了何事在痛苦，他當時遲疑不答，原來他並不像她以爲的怕她生氣，而是怕對她說出實話後她會痛苦，實情是他不再愛她了。轉瞬之間，她回想安東的十種不同態度，這些態度都歸因於冷漠。她脫口而出：「噢，他不再愛我了。」她低聲說這句話時嗓音很平靜，可是頃刻之間，這句話就跟鞭子一樣快速擊在她身上，她雙手箍著脖子，彷彿想保護自己。「如果安東不再愛我，那我要怎麼辦？」她覺得生命好像失去了血液，失去了溫暖，失去了歡笑，就跟祕魯那方掩埋在火山灰燼下的平原一樣。安東還曾經有點病態地讚賞刊登在《競賽》月刊上那張受災平原的相片。

她佇立良久，心中的震撼是如此強烈，使得她不得不伸手穩住自己。她大聲說道：「別這樣，別這樣，別這樣。」她對自己的身體說話，對自己的內心說話，彷彿對兩匹受驚的馬說話一樣。她躺在床上，強迫自己慢慢呼吸。毫無效果。她全身因爲內心的驚慌與絕望而蜷縮著，她雙手緊緊抓住肩膀，臉孔壓在枕頭上。她聽到自己的聲音哀嘆：「安東，安東，安東……」遭受這難以忍受的痛苦的同時，她也感到無比驚訝。她忖道：你瘋了，你瘋了。但是另一個人又更大聲喊道：安東的黃色眼睛，他的聲音，傻子，失去了安東你能做什麼？某間教堂傳來五聲鐘響，她覺得那是一個殘忍瘋狂的天神在對她敲鐘。片刻之後，安東進來了。他看到她的表情，停了一會兒，接著倒在床上靠在她身邊。他幸福無比，他不知道爲什麼。他輕柔地吻著她的臉龐、吻著她的頭髮，他解釋遲到的原因，他臭罵把他留在辦公室一小時的編輯。她緊貼著他，用更含糊的嗓音喃喃呼喚他的名字。接著，她挺起身，坐在床上背對著他。

「你要知道，安東，我是眞的愛你。」

「我也是，這眞巧。」

兩人默默沉思不語。接著，露西爾發出了一個認命的笑聲，然後轉頭對著他，嚴肅地看著那張心愛的臉孔往自己的臉靠過來。

10

兩個鐘頭後，當她離開他，她認爲自己可能是反常。做愛之後她覺得很疲倦，很滿足，頭腦也很空洞。她料想先前整整半小時的驚慌是因爲緊張而不是感情問題，於是她決定要多睡點覺，少喝點酒……她太習慣自己一人生活，難以輕易承認有某個人或某件事對她是非少不可。這對她而言似乎是可怕的事而非理想。車子在塞納河堤岸上行駛，她無意識地開著車，欣賞初春時分美好夜色下，在遠處的金色塞納河。她微微而笑。她是怎麼啦？年齡關係？自己的生活？她畢竟是個靠人養活的女子，是個無恥的女人。想到這點她不禁笑了起來。一輛車子停在她車旁，開車的人對著她笑，她心不在焉地也回他一笑，然後繼續思考。是的，她是誰？她完全不在乎自己在別人眼中的形象，甚至連現在自己在自己眼中的形象也不在乎。她不再了解自己，是壞事嗎？是思想遲鈍的跡象？她年輕的時候讀過很多書，之後才發現自己很幸福。她以前也問過自己很多問題，之後才變成一個吃得好、穿得好、能巧妙避免事情變得複雜的動物。她要去哪兒？她在做什麼？她掌心有一條奇特的生命線，因此她總是漫不經心地認爲自己會死得很早，她甚至這麼指望。如果她老了呢？她試著想像自己變得衰老貧窮，被查理拋棄，辛苦地從事一項枯燥無聊的職業的樣子。她試著讓自己害怕，但她做不到。此時此刻，她似乎覺得，不管發生什麼事，在大皇宮[1]旁的塞納河永遠金光閃閃，明亮奪人，而這才是最重要的事。她既不需要這部隆隆作響的敞篷車，也不需要依靠姬龍雪[2]名牌大衣活著。她很確信。此外，查理也很確信她是這樣的人，因而感到不快樂。如同每次她離開安東之後一樣，她覺得內心對查理有一股極深的溫情，以及一股要讓他幸福的強烈欲望。

她不曉得習慣一回到家就看到她的查理此時此刻正在他房間裡來回踱步，就跟三個鐘頭前她對她自己問問題的時候一樣。「如果她不再回來了呢？」開車的她不知道，回到家的她也不知道，因爲等她進到家門，查理正安詳地躺在床上讀《世界報》。他太熟悉她的車聲。他嗓音平靜，問她「今天過得好嗎」，她溫柔地吻他。他身上噴了她很喜歡的古龍香水，她一定要記得給安東買一瓶一樣的。

「很好。我剛剛好害怕……」

她停住不語。她想對查理說，對他說出一切——「我剛剛好害怕失去安東，害怕我愛他」。但是她不能說。沒有任何人能聽她述說這個奇怪的下午，她從來就沒有述說心事的愛好，她爲此感到有點悲傷。

「……我害怕活在旁邊。」她含糊地把話說完。

「活在什麼的旁邊？」

「生活。一般人所說的生活。是否眞的必須去愛——也就是說，一定要有痛苦的熱戀？是否必須工作、賺錢、做點事情，才能存在呢？」

「這不是絕對必要的。」查理說道，垂下眼睛。「反正你很幸福。」

「你覺得這樣足夠嗎？」

「太夠了。」他的語調因爲充滿了懷念而顯得奇怪、漠然，露西爾聽了不禁心碎。

她在床上坐下來，伸手撫摸他疲倦的臉孔。查理閉住雙眼，微微在笑。她覺得自己很體諒，很善良，有能力讓他獲得幸福。她沒考量到她這些美好的情感是歸功於安東的到達；也沒考量到假使他沒來，她也許會厭惡查理。人處在幸福的心境時，會很樂意把其他人當作塡滿自己幸福的人物；而只有在失去幸福的時候，才知道其他人只不過是無足輕重的見證人。

「今晚我們做什麼？」她說道。

「在戴安娜家有個晚餐，你忘了？」

他的聲音聽起來又懷疑又高興。她立刻猜到原因，臉紅了起來。如果回答他「我忘了」，也算對他說了實話，卻也把他引導至錯誤的方向。她總不能對他說「我忘了晚餐之約，但我沒忘記安東。我從他家回來的，而且我們兩人狂熱得訂下了明天的約會」。

「我沒忘記，不過我不知道是在她家。你要我穿哪件衣服？」

再過幾個鐘頭她就能見到安東了，她驚訝自己沒有爲此而感到特別高興，反而還有點不愉快。今天下午他們的感情激動可說是達到了極點，甚至可以說她覺得她的感情杯子已經裝滿了。她寧可和查理平平靜靜一起吃晚餐。她張開口想告訴他，可是立刻閉上嘴巴。這會讓他太高興，而這高興是虛假的。她不願對他撒謊。

「你剛剛要說什麼？」

「我記不得了。」

「你思考的時候，看起來比平常更糊裡糊塗。」

她笑了起來：「我平常一副糊裡糊塗的樣子嗎？」

「完全沒錯。我可永遠不敢讓你一個人旅行。八天之後，天曉得我會在哪個候機室找到你，身旁擺滿口袋書，還對酒保的生活起居瞭如指掌。」

說到這兒，他露出近乎擔心的表情，她卻大笑。查理的確認爲她是一個無法和現實生活對抗的人。而就這一刹那間，她明白了她之所以依戀著查理，就是爲了這個原因，而不是爲了查理帶給她的安全感。他完全接納她的無責任感，他完全認可她十五年前所做的選擇，也就是永遠不離開少女時代的選擇。同樣的這個選擇一定會讓安東惱怒。也許，她想做的角色和查理所看到的角色，兩者之間的完美巧合要比她不可告人的愛戀更具有力量。

「出門之前，我們先喝一杯威士忌吧，我累死了。」查理說。

「寶琳不肯再讓我喝酒。你跟她要雙份，然後我用你的杯子喝。」

查理微笑，然後摁鈴。露西爾自忖：我開始扮演小女孩了，雖說是無意的。過不了多久，我床上將會有動物玩偶。她伸展腰肢，走到她的房間去，看著自己的床，心想有沒有那麼一天她能在安東身旁醒來。

譯注

1 大皇宮（Le Grand Palais）：位於香榭麗舍大道旁，一九〇〇年萬國博覽會場地。

2 姬龍雪（Laroche）：法國高級服飾品牌。

11

座落在康朋街[1]的戴安娜公館美輪美奐，鮮花處處。雖然天氣很溫和，落地窗也敞開著，客廳面對面的兩座大壁爐卻是烈火熊熊。因此露西爾高興得有時候去呼吸街道上已經在預告著夏天將要來臨的氣息，而且會是一個塵土飛揚、炎熱、無精打采的夏天；有時候她去呼吸壁爐裡木柴燃燒的味道。這味道讓她聯想起去年那個寒秋，以及查理帶她去打獵的索洛涅[2]森林。

她對戴安娜說道：「眞美，把兩個不同的季節結合在同一個晚上。」

戴安娜答道：「是的，不過我們老覺得穿錯衣服。」

露西爾笑了起來。她的笑很平靜，很有感染力，和她說話一點都不拘束，戴安娜不禁覺得嫉妒她或許是件愚蠢的事。說實在話，露西爾的舉止很文雅。沒錯，她的態度是心不在焉，顯得格格不入，這點和安東很像。不過，他們之間也許沒有其他親近之處。查理的神態看起來非常輕鬆自在，安東的情緒從來沒這麼好過，肯定是她誤會了。她對露西爾產生了一股友善、甚至是感激的心情。

「請跟我來，我帶您參觀房子吧？」

露西爾認眞打量鑲義大利瓷磚的浴室，大聲讚賞衣櫥的實用設計，最後跟著戴安娜進入她的臥房。

「裡面有點亂，請別在意。」

遲到的安東在她房裡換過衣服。他下午穿的襯衫和領帶擱在地上。戴安娜迅速向露西爾瞄了一眼，只看到她臉上帶著一種略微尷尬的表情，就跟一個有教養的人一樣。但是某種心思，某種讓她感到羞恥但無法壓抑的心思驅使著她。她把衣服撿起來放在沙發上，然後轉頭面對露西爾，全身不動，嘴角帶著一絲彼此了解的笑容。

「男人都是這麼邋遢……」

她盯著露西爾的雙眼。

「查理是個井井有條的人。」露西爾語氣和藹。

露西爾很想笑，心想：眞是的，她是不是也要對我說安東從來不把牙膏的蓋子蓋好？她心裡沒有一絲嫉妒。領帶在她眼裡就像是意外在金字塔前碰到的一名初中就認識的女友一樣。她也認爲戴安娜是個非常美的女子，安東爲了自己而冷淡她實在很奇怪。她覺得自己很客觀，觀察入微。不僅如此，就跟她每次多喝了點酒一樣，她也覺得自己很友善。

「我們必須回到客廳去。我不知道爲什麼，我有時候會覺得有義務舉辦一些晚會。身爲女主人，這些事實在很累人。而且我不覺得客人玩得很盡興。」

「今晚的晚會看起來很愉快。」露西爾信念十足地說。「再說，克萊兒有點賭氣，這總是個好預兆。」

「您這麼覺得啊？」戴安娜笑了起來。「我不這麼認爲。您看起來總是有點……呃……」

「糊裡糊塗。」露西爾說道。

「正是如此。」

「查理七點鐘的時候還這麼對我說。我最後也相信是如此。」

她們笑了起來，露西爾突然覺得對戴安娜有一股好感。在這小圈子裡，她當然是少數稍微擁有道德觀念的女子，從來沒聽她說過一句平庸或粗俗的話。查理說她很多好話，而查理對某些很普遍的鄙陋行爲是極端批評的。可惜不能和戴安娜成爲好朋友。戴安娜如果是個聰明人，也許有一天一切都能得到最完美的解決——這偏軌的樂觀主義對她而言似乎也是個智慧的跡象，幸好安東在這時進入房內，否則她恐怕會向戴安娜解釋，並引發一場災禍。

「戴斯泰到處找你。」安東說道。「他很生氣。」

安東看著戴安娜和露西爾，心緒很不平靜。

戴安娜因露西爾的爽朗快活而放下心中石頭。此時她想：安東一定以爲我很嫉妒，在尋找證據。可憐的人……

「我們沒做什麼壞事，我帶露西爾參觀她還不認識的房子。」

露西爾看到安東的困惑表情，覺得有趣，因此也跟著戴安娜一起笑。她們看起來好像說好似地。安東發起男人脾氣。怎麼？我剛從一個女的懷抱中離開，待會兒又要跟另一個女的睡覺，而她們一起嘲笑我。眞是過分極了。

「我剛說了什麼這麼好笑？」他問道。

「沒什麼，你好像太過擔心戴斯泰的惡劣情緒。你跟我一樣清楚，他這人一天到晚發脾氣。我們覺得這很好笑，如此而已。」戴安娜說道。

她往房間外走，露西爾跟在後頭，同時向安東做了一個憤慨且輕蔑的鬼臉。安東愣了一會兒，接著微微而笑。兩個鐘頭之前，露西爾對他說過「我是眞的愛你」。他還記得她說這句話的聲音。她現在可能是裝成一個自命不凡的人。

回到客廳的露西爾撞見了強尼。他正覺得無聊，因此立刻走到她前面，遞給她一杯酒，然後把她拉到窗前。

「露西爾，我很喜歡你。我跟你在一起最起碼很放心。我想你不會跟我嘮叨你對最近上演的一齣戲的看法，也不會跟我大談賓客的長短吧。」

「你每一次都跟我這麼說。」

「你要小心。你臉上幸福的樣子看起來很讓人受不了。」

她情不自禁地摸了摸臉，彷彿幸福是一張自己忘了取下來的面具。沒錯，就在今天，她對某個人說「我是眞的愛你」，而那人回答她「我也是」。有這麼明顯昭彰嗎？她突然覺得自己是全廳人士的觀察對象，她似乎覺得有許多眼光往她投射過來，她臉紅了起來。她把強尼遞給她的那杯只摻了點水的威士忌一口喝光。

「我只是心情很好罷了。」她低聲說道。「我覺得這些人都很有趣。」她對這一類的晚會向來不怎麼投入。這時，她突然希望旁人原諒她的幸福表情，就像某些醜陋的女子喜歡不停說話，好讓人忘記粗俗的外表。露西爾表現得和藹可親，滿臉不好意思而又很溫柔地在人群中穿梭。她甚至在克萊兒面前大表驚歎，稱讚她的衣服完美。目光始終追著她的查理甚感不安，他正決定要帶她離開，戴安娜抓住他的手臂。

「查理，這是入春以來第一個天氣美好的晚上。我們去跳舞。沒人想睡覺，我想露西爾比任何人更不想睡覺。」

她愉快又和善的目光一直跟著露西爾。查理知道她的嫉妒心理，更何況先前看見她帶著露西爾離開了幾分鐘，因此立刻放下心。露西爾一定把安東給忘了。兩人心照不宣，這是戴安娜爲了慶祝和平，向他提供的一個盛會，一個節慶。他欣然同意。

他們約好在一家夜總會見面。查理和露西爾先到，兩人一起跳舞，快樂地聊天。露西爾在興頭上，話多得就像隻啄木鳥。她倏地停住不動，看到門口站著一名男子，那人身材高大，比其他人略高一點，身穿深藍色西裝，有一雙黃色眼睛。她對那名男子的臉孔、對他深藍色西裝下的每道傷痕、對他肩膀的輪廓線條皆瞭如指掌。男子朝他們走來，然後坐在椅子上。戴安娜在下面的化妝室裡補妝，於是他邀請露西爾跳舞。他手搭在她肩膀上的壓力，他手掌和她手掌貼在一起的觸覺，還有他臉頰和她臉頰之間稍微有點太遠的奇怪距離，但正是她辨識出的充滿欲望的距離，這一切使她心亂，不得不裝出有點厭煩的表情，好瞞過周遭連看也不看她的人。這是她第一次和安東一起跳舞，而伴奏的舞曲恰是這年春天流行的充滿旋律感的愛情歌曲。

安東陪她回到桌前。補完妝的戴安娜回來了，正和查理一起跳舞。他們坐在椅子上，兩人之間的距離相當遠。

「你很快活嗎？」

他看起來很生氣。

「當然嘍，你難道不快活？」露西爾顯得很驚訝。

「一點也不。參加這一類的聚會，我往往快活不起來。還有，我和你相反，我討厭欺騙人的生活。」

其實，他是無法和露西爾談談晚上，而且他很想要她。他想到再過幾分鐘之後她將與查理一起離開，心中深感痛苦。人在欲望受挫時，很容易產生一股貞潔、獨占的心理，他此時就是被這種心理所煎熬。

「你很適合過這樣的生活。」他說道。

「你呢？」

「我不適合。有些男人擅長周旋於兩個女人之間。我呢，我的男人本色阻止我幸災樂禍、讓她們受苦。」

「那時在戴安娜的房間裡，你要是看到你自己的樣子就好了。」露西爾大聲說道。「你的樣子尷尬得很……」

她笑了起來。

「不要笑。」他壓著嗓音說道。「再十分鐘，你會在查理的懷抱裡，或是獨自一人。總而言之，離我很遠……」

「等到明天……」

「我受夠了『明天』。你必須把這件事放在心上。」

露西爾閉口不語。她想擺出嚴肅的態度，可是做不到。酒精讓她變得很興奮。一個陌生年輕人前來請她跳舞，安東用生硬的嗓音把他打發走。她責怪他。她很樂意和第三者跳舞、聊天、甚至一起逃走，她覺得自己除了玩樂之外沒有任何束縛。

「我酒喝多了一點。」她唉聲嘆氣。

「看得出來。」安東說道。

「你或許也該這麼做。你很沒趣。」

這是他們第一次吵架。她看了一眼這張固執稚氣的側臉，不禁心軟。

「安東，你知道……」

「是的，是的，我知道你是眞愛我。」

接著他站起身。戴安娜正好回到他們桌子前，查理似乎很累。他向露西爾拋出一個哀求的眼神，然後請戴安娜諒解他們的早退，因爲他明天得早起，而且這地方對他來說實在太吵了。露西爾沒有反對，跟著他走。可是在車上，打從她認識查理以來，這是第一次她覺得自己像個囚犯。

譯注

1 康朋街（Rue Cambon）：位在巴黎市中心第一區塞納河右岸，南北向，離協和廣場不遠。可可．香奈兒的故居就位在這條街上。

2 索洛涅（Sologne）：位在法國中西部，森林、湖泊眾多，漁獵發達。

12

戴安娜在浴室裡卸妝。安東開了留聲機，坐在地上聽貝多芬的協奏曲，可是卻沒聽到聲音。戴安娜從鏡子裡看他，微微而笑。安東總愛坐在留聲機前面，就像坐在一尊神祇雕像或柴火前面。她雖然解釋過留聲機的聲音是從安裝在臥室兩側的精密擴音器傳出來的，而且擴音器會把每個音符傳到臥室正中央，正好就在她臥床高度的位置，但他還是喜歡坐在留聲機前面，好像被唱片又黑又亮的旋轉圓圈迷住似的。她細心卸下日妝，然後再細心地化上晚妝，好遮掩皺紋，不讓皺紋加深。讓皮膚呼吸（如同女性雜誌的鼓吹）沒有讓心情呼吸那麼重要。她不再有時間了。她認爲她的美貌是留住安東的主要條件，因此之故，她不爲一個沒有意義的未來而去愛惜自己的美貌。有些人，特別是最熱情的人，只追求暫時，而將其餘全數跳過，戴安娜正是其中一個。

安東僵直著身子細聽浴室裡的輕微響聲。對他而言，撕面紙的聲音或梳子刷頭髮的聲音大得足以掩蓋協奏曲的小提琴和銅管樂器。再五分鐘，他必須起身，脫衣服，在這間豪華的臥室，鑽進那床柔細的被子，躺在那位細緻的女子身旁。

可是他想要的是露西爾。露西爾來到他家，躺在女房東那張四腳高低不齊的床上。露西爾匆忙解衣，也一樣匆忙消失。他捉不住她。她偷走了他的心，她只是他的訪客。她不會留下來，她永遠不會留下來。他永遠不會在她身旁醒來，她永遠只會暫時逗留。此外，他還蹧蹋了她的晚上。他自覺心情難過，像失落的少年人一樣感到絕望。

戴安娜穿著藍色睡衣回到房間，端詳了一會兒眼前的背影，還有那挺直的金黃色脖子，竭力不讓自己覺得那副身軀懷有敵意。她很疲倦，反常地多喝了點酒，因爲她情緒很好。她希望安東能不帶其他念頭跟她聊聊天，跟她一起歡笑，跟她講講他的童年往事。然而她不知道的是，他就是被這個「其他念頭」、被這個必須和她做愛的義務感所糾纏，甚至誤認她除了這個念頭之外，對他就沒有任何要求了。因此，當她坐在他身旁，像朋友一樣伸手勾住他的臂膀，他帶著他少有的粗野心態想著：好的，好的，等一會兒。即使是在最鄙陋的男女交往中，他對愛欲總是保持著尊敬的態度，碰觸對方的身體之前總先沉思片刻。

「我很喜歡這首協奏曲。」戴安娜說道。

「這首曲子很美。」安東回答的禮貌口氣，就像躺在沙灘上有人打擾他、對他說地中海很藍的時候一樣。

「今天的晚會很成功，不是嗎？」

「很輝煌。」安東說完話後，躺在地毯上，頭往後仰，雙眼閉著。

這模樣的他看起來很高大，也顯得孤獨。他仍然聽到自己諷刺、惡意的語調，他很憎厭自己。戴安娜一直沒動。「美麗、年老、滿臉脂粉」。他在哪兒讀到這句話呢？啊，是在《培佌士日記》[1]裡。

「你覺得很無聊嗎？」

她站起身，在房間裡踱步，理理瓶中的花枝，撫摸一套家具。他瞇著眼觀察她的舉動。她喜歡擺飾品，她喜歡那些亮眼的擺飾品，他就是擺飾品的其中一個，他是她奢華擺飾中最珍貴的一件。他是靠女人養活的年輕男子。不完全是，當然不是。不過他在「她的朋友」家吃晚餐，他在「她的公館」裡睡覺，他過「她的生活」。他妄自尊大地批評露西爾，但露西爾至少是個女人。

「你不答話嗎？你真覺得那麼無聊嗎？」

她的嗓音。她的問題。她的睡衣。她的香水。他再也受不了了。他翻身俯臥，頭埋在雙臂間。她在他身旁跪坐下來。

「安東……安東……」

她的嗓音聽起來是這麼哀傷，是這麼溫柔，他不禁翻過身來。她雙眼有點太亮。兩人看著對方，他掉開目光，把她拉到懷裡。她既笨拙又膽怯地躺在他身旁，彷彿擔心自己會崩潰似的，彷彿爲風濕病所苦似的。他不要愛她，結果他想要她。

查理獨自一人去紐約，他把行程縮短成四天。露西爾開著敞篷車在巴黎逐漸變藍的街道上閒逛，等待夏日來臨。從每一縷芳香、從塞納河的每一道反光，她體會出夏天的存在。她嗅到了即將溢滿聖傑曼大道的灰塵、樹木、泥土的氣味。夏夜，大道兩旁的高大栗樹在粉紅色的天空下枝椏交錯，幾乎遮住了穹蒼。而路燈總是太早點亮，夾在老是暗不下來的白晝，以及急著要在天空上伸展亮光的黎明之間。這使敬業的路燈覺得屈辱，因爲它從冬天可貴的嚮導角色變成了夏天半寄生蟲的角色。第一天晚上她在聖傑曼德佩區溜躂，遇見了幾個大學畢業後仍有往來的朋友。這些人大聲驚叫，和她打招呼，彷彿她是個遠地歸來的遊魂。她很快便發覺到彼此的距離。開了幾句玩笑，談了幾件往事之後，她發現他們滿腦子都是工作問題、經濟問題、女朋友的問題。她也發現她本人的無憂無慮令他們感到不快，而非開心。穿過金錢之牆就跟穿過音障一樣。之後的每句談話都是慢了幾秒鐘才傳到她的耳中，而這幾秒鐘是慢太多了。

他們邀她一塊兒去古家斯街[2]一家老酒館吃飯，她婉拒了。到了八點半，她意志有點消沉地回到家裡，寶琳答應替她在廚房裡煎一塊牛排。之後，她躺在自己床上，任窗子大敞。很快地，地毯上的日光逐漸暗淡，街道的嘈雜逐漸模糊。

她記得兩個月之前讓一陣風吵醒，那不是一股如此刻吹來的無精打采、安定祥和卻迫使她昏昏欲睡的風，而是一股膽大、迅捷、活潑無比、強迫她清醒的風。在這兩陣風之間，夾著安東以及生命。明天她要和安東一塊兒吃晚餐。這是兩人第一次單獨在一起吃飯。她感到不安。因爲她很怕別人覺得跟她在一起很無聊，而不是怕自己覺得無聊。不過，就另一方面來說，她覺得生命待她非常好。她躺在這張床上，逐漸讓黑暗擁抱，她覺得非常溫馨，她非常深信地球是圓的，而且生命是很複雜的，因此她認爲任何厄運都不會降臨在她身上。

在情緒低落的時候，回憶起某些圓滿幸福的時刻（特別是獨處時的幸福），遠比回憶起與朋友共處的時光更能讓你脫離絕望的處境。因爲我們知道，我們即便在孤獨的處境、即便是無來由地，也曾經感受過幸福。因爲我們知道幸福是可獲得的。即使幸福緊緊地和一個讓你痛苦、讓你身心永遠依戀的人聯繫在一起，幸福也會像一個光滑、圓潤、完整的東西再度出現，而且永遠自由，任你隨意支配（當然是遙遠地，不過絕對是可能的）。回憶起這種幸福，比回憶起以前曾和某人分享的幸福更讓人寬慰，因爲對你而言，你不再愛的那個人就像是個錯誤，因爲對後者的回憶是架構在虛無上的。

明天下午六點鐘，她必須去安東家，然後一起開她的車子到鄉下去吃晚餐。他們會擁有整個晚上，完全屬於他們的晚上。她笑著入眠。

小石礫在服務生的腳下格格作響，蝙蝠在露台上的立燈周圍來回打旋，臨桌一對滿臉通紅的夫婦一語不發，呑食火焰蛋捲。他們離巴黎有十五公里遠，天氣有點涼，老闆娘替露西爾蓋了一件披肩。這家餐廳如同許許多多小旅館一樣，替一些有外遇或是很疲倦的巴黎人提供一處隱密的地點以及新鮮空氣。風把安東的頭髮吹亂了，他一直在笑。露西爾對他說起自己的童年，幸福的童年。

「……我父親是律師。他特別喜愛拉封丹[3]的作品。他常在安德爾河[4]沿岸散步，誦讀拉封丹的寓言。後來他自己也寫了幾篇，當然是把角色給換了。能背誦〈綿羊與烏鴉〉這篇寓言的法國女子寥寥無幾，我絕對是其中一個。算你運氣好。」

「我運氣很好，我知道。繼續說。」

「我十二歲時他就去世了，我弟弟得了小兒痲痺，到現在還得以輪椅代步。我母親當然是把所有心力全放在他身上，寸步不離。我想她可能忘了還有我這個女兒。」

她閉口不語。她剛到巴黎時，每個月勉爲其難地寄錢給母親。最近兩年都是查理寄錢，但他從不提起此事。

「我呢，我的父母親憎恨彼此。他們爲了讓我有一個完整的家而不離婚。我

跟你老實說，我是寧可有兩個家的。」安東說道

他微微而笑，伸手越過桌面，握住露西爾的手。

「你能想到嗎？我們擁有整個晚上，整個深夜。」

「我們把頂蓬拉上，慢慢開車回巴黎。天氣很冷，你開慢一點。我會替你點菸，免得你開車分心。」

「因爲是你，所以我們慢慢回去。我們先去跳舞，再回到我們的床上去。明天早上你就會知道我早餐喝咖啡還是喝茶，糖要加多少。」

「跳舞？我們會撞見熟人的。」

「那又怎樣？你總不認爲我一輩子就這樣躲躲藏藏吧？」安東語氣生硬。

她低下雙眼不回答。

安東溫柔地說：「你必須做個決定。不過不是今晚，你別擔心。」

她抬起了頭，放鬆的表情如此明顯，他忍不住笑了起來。

「我早就知道稍稍遲一點都能讓你很高興。你只活在當下，是不是？」

她沒回答。她跟他在一起非常舒服，非常自然。他讓她想發笑，想說話，想做愛。他給了她一切，而這一切令她有點害怕。

第二天她醒得很早，朦朧的眼前看到雜亂無章的房間，以及使她不能動彈、

生著金色寒毛的長手臂。她立刻閉上雙眼，翻身俯臥，微微而笑。她就在安東身旁，她明白了「度過一個相愛的夜晚」這句話的含意。他們昨晚去跳舞時沒碰見任何人。之後，兩人回到他家，聊天，做愛，抽菸，聊天，做愛。兩人因說不完的話、做不完的愛而累得筋疲力盡，最後平靜地躺在床上，直到天明。昨晚激情無比的時刻，他們覺得自己彷彿死去了，而睡意就像神奇的木筏一樣來到。兩人爬上木筏，躺在上面昏厥過去，但兩人的手仍輕輕握著，那是心心相印的最後一個表示。她看著安東的側影：脖子，臉上剛長出的鬍碴，雙眼下的黑眼圈，她無法想像以前居然不是在他的身旁醒來。她喜歡他白天很舒懶、很懵懂，而晚上很勇猛、很準確。彷彿愛情在他身上喚醒了一個無憂無慮的異教徒，而這個異教徒唯一不變的宗旨就是歡樂。

安東微微偏頭，往她那兒靠過去，然後睜開雙眼，像一般男人醒來時一樣，帶著半猶疑、半驚訝的新生兒眼光看著她。認出是她，安東微微而笑，然後轉身靠近她，把昏昏入睡的沉重溫熱的頭壓在露西爾的肩膀上。她笑著看安東的一雙大腳露在床尾糾纏不清的被子外頭。他嘆著氣，帶著哀怨的語調喃喃說著一些話。

「你的眼珠子早上是淺黃色的，真不可思議。簡直像是啤酒。」

「好個女詩人。」他說道。

他坐起身，攫住露西爾的臉，讓臉龐對著光線。

「你的幾乎是藍色的。」

「不對，是灰色。灰綠色。」

「吹牛皮。」

兩人裸著身，面對面坐在床上。他雙手仍然捧著她的臉，彷彿在上頭探索，兩人對望而笑。他的肩膀很寬，瘦骨嶙峋。她掙開他的手，臉頰貼上他的胸膛，聽到他的心臟跳得很激烈，跟她的心臟一樣。

「你的心跳得很激烈，是疲倦嗎？」

「不是，是擂鼓[5]。」

「擂鼓到底是什麼意思？」

「你去查查字典。我現在沒時間解釋。」

接著，他動作輕輕地橫躺在床上。天已經大亮。

到了中午，安東打電話給辦公室，說他今早發燒，不過他下午會去上班。

他解釋道：「我知道我這樣很像小學生，不過我絕不能被出版社踢出去。就像一般人說的，這是我吃飯的傢伙。」

「你賺很多錢嗎？」露西爾問得漫不經心。

「很少。」他也一樣回答得漫不經心。「你覺得很重要嗎？」

她笑了起來。「不，我覺得錢很實用，如此而已。」

「很實用，所以很重要？」

她驚訝地看著他：「爲什麼問這些問題？」

「因爲我打算跟你一起生活，得要能養活你……」

露西爾很快就打斷他的話。「對不起，我能夠自己賺錢。我在《呼喚》報社工作過一年，雖然報社已經關門了。在那裡工作很好玩，只不過每個人都非常嚴肅，非常喜歡說教，還有……」

安東伸手按住她的嘴。

「我的話你應該明白。我要跟你一起生活，否則就是不再見你。我住在這裡，我錢賺得很少，我怎麼樣都不能讓你過你現在的生活。你聽得懂我的意思嗎？」

「那麼，查理呢？」露西爾低聲說道。

「要麼，就是查理；要麼，就是我。他明天回來吧？明天晚上你正式到這裡來，否則我們就不再見面。就是這樣。」

他起身到浴室去。露西爾咬著指甲，試著思考，但做不到。她伸伸懶腰，閉上雙眼。這件事總要來的，她知道。男人眞累人。兩天之內她必須做個決定——這是個她最害怕的字眼。

譯注

1 培伲士（Samuel Pepys, 1633-1703）：十七世紀英國作家，代表作有《培伲士日記》、《愛是欺騙》等。

2 古佳斯街（Rue Cujas）：位在巴黎索邦大學旁，東西向。

3 拉封丹（la Fontaine）：十七世紀法國詩人。

4 安德爾河（l'Indre）：位在法國中部，是羅亞爾河的支流。

5 法語裡有句battre la chamade（如擂鼓般跳動），意指心跳得異常激烈。

13

冷冷的陽光灑在奧利機場[1]，反射在玻璃窗上，反射在飛機的銀色背脊上，也反射在跑道的水窪上，處處可見上千上萬個灰色亮片，看在眼裡非常刺眼。查理的班機遲到了兩個鐘頭，露西爾在航站大廳裡緊張地來回踱步。查理要是發生了什麼意外，她會無法承受的；都是她的錯，因為她拒絕和他一起離開，因為她欺騙他。兩小時前，她臉上還掛著堅定哀怨的表情，一張正式向查理聲明之前、預告他某些事情不對勁的表情，而此刻她並不知道，她的臉孔充滿了焦慮和溫柔。正要通關的查理所看到的正是這副表情，因而向她露出熱情安撫的微笑，使得露西爾熱淚盈眶。他走到她前面，溫柔地親吻她，把她摟在懷裡一陣子。露西爾看到一名年輕女子朝她拋了一個惡意的嫉妒眼光。她總是忘記查理是個長得很好看的男子，因為他對她的溫情太絕對了。他愛她的一切，從來不責問她，對她沒有任何要求。她心中對安東湧起一股怨恨。「選擇」、「絕交」，由他說起來多麼容易，彷彿縱使跟一個人生活了兩年也能夠毫無感情。她握著查理的手不放。她覺得自己必須保護他，她忘了那是因為她在對抗自己。

「沒有你，我覺得好無聊。」查理說。他帶著笑容付小費給行李腳夫，以慣有的自在態度向司機指出行李所在。好久以來，她都沒注意到，和他在一起，一切都很簡單，都很安逸。他替她開車門，然後繞過車子，坐在她旁邊。接著，他幾乎是有點靦腆地再度握住她的手，然後嗓音愉快地說「往家裡開」。那是很高興能回家的嗓音，她自覺掉入了陷阱。

「爲什麼沒有我你會覺得無聊？你又在我身上找到了什麼？」

她的嗓音聽起來很絕望，可是查理微微而笑，彷彿聽到了什麼賣俏的話而微笑似地。

「我在你身上找到一切，你很明白。」

「我不值得你這麼對待我。」她說道。

「值不值得，在感情上……我從紐約給你帶回來一個很漂亮的禮物。」

「是什麼？」

他不願意告訴她，兩人溫情款款地一路吵回家裡。寶琳看到他們，叫了起來，總算放下心中石頭，因爲搭飛機在她眼裡是生死攸關之事。接著，他們一起打開查理的行李。他給她帶回來一件與她灰色眼珠一樣顏色的貂皮大衣，又光滑又溫柔。她試穿的時候，查理笑得跟小孩子一樣。下午時分，她打電話給安東，說必須和他見個面，以及她沒有勇氣對查理說實話。

「我不會提前和你見面。」安東說完就掛掉電話。

他的聲音聽起來很不對勁。

整整四天她都沒見到安東，處在憤怒的情緒裡也不感覺痛苦。她很氣安東掛電話的粗魯行爲。她討厭所有粗魯的行爲。此外，她幾乎很肯定安東會再打電話來。那天晚上，他們兩人結合得太緊密了，他們在愛情的路上一起走得太遠了，他們變成了同一場祭禮的兩名司祭，而這場祭禮即使少了他們兩人依然存在，哪怕其中一個人任性刁難。儘管安東對她有敵意，可是現在她的身體和安東的身體已經是親密無間的朋友，她的身體必須有他的身體才能有完整的感覺，她的身體想念他的身體。他倆的身體就像兩匹相好的駿馬，因主人失和而暫時分開，但最後還是會在陽光遍照的歡樂草原上並肩飛馳。與此相反的情況是她不能想像的。她難以想像人竟能抗拒自己的欲望，她從來不明白抗拒欲望的需要，或是提出抗拒欲望的理由。在這個類似路易—菲利普時代[2]風格和喜愛無病呻吟的法國，她很難看出有哪個道德教訓比從活力、激情方面獲得的更好。

她尤其怪罪安東不讓她有解釋的機會。否則的話，她會把因爲班機遲到而焦慮不安的事告訴他，向他證明自己的誠意。也許她就能堅持原意，在當晚向查理說明去意。但是她遲遲無法下定決心。她想盡各種悲劇般的決裂處境，使得她的行動失敗對她而言似乎是個預兆。某種不誠的心態很容易把人變得迷信。安東一直沒打電話給她，她覺得很惆悵。

夏天來了，許多晚會在室外舉行，查理帶她去參加一個在卡特蘭草原[3]舉辦的餐會。某棵樹下，一群人興致高昂，團團圍住安東和戴安娜。露西爾先聽到安東的笑聲，然後才看到他的人。她立刻想到「哦，少了我他也會笑」，但是心中的一股喜悅仍使她情不自禁走到他前面。她笑著向他伸出手，然而他沒有回應她的笑容，只是點了點頭就掉轉身。在這瞬間，燈火輝煌、綠意盎然的卡特蘭草原顯得淒涼無比。她突然覺得這些人輕浮貧乏，也發現這個地點、這個社交圈以及她本身的生活都很枯燥。如果沒有安東，沒有他黃色的雙眼，沒有他的房間，沒有每周三次在他懷中度過的充滿意義的幾個鐘頭，那麼這個吵鬧混雜，看起來相當快樂的社交圈的點點滴滴就成了才氣不足的室內裝潢師的醜陋設計。她覺得克萊兒十分難看，強尼很可笑，而戴安娜像個半死人。她往後退。

「露西爾！」戴安娜口氣急切地叫住她。「別跑開啊。你這件衣服很漂亮。」

如今戴安娜很喜歡向露西爾示好，想藉這種方式來證明她完全放心。但是這讓強尼、尤其讓克萊兒感到好笑，因爲強尼終於向克萊兒「招供」了。不用說，這小圈子的人也都早已知情。就在露西爾和安東近在咫尺，臉色蒼白、心中痛苦、不知所措的時候，大伙兒帶著專看新戀人的半羨慕半諷刺的眼光朝他們望過去。露西爾往前靠近一步。

「我昨天才有了這件衣服。」她不由自主地說。「不過我擔心今晚的天氣有點冷。」

「穿這件衣服要比穿蔻蔻·杜蕾德那件更不容易得到氣管炎。」強尼說道。「從來沒看過那麼少的衣料穿在那麼大面積的身體上。還有啊，她跟我說她那件衣服洗起來就跟洗一條手帕一樣，一點也不費時間。」

露西爾朝蔻蔻·杜蕾德瞄了一眼。果然，她簡直是近乎半裸地在彩燈下散步。從布洛涅森林[4]傳過來一股濃厚芬芳的濕土氣味。

「親愛的露西爾，你看起來不怎麼開心的樣子。」克萊兒說道。

她雙眼炯炯發亮，手搭著強尼的手臂。強尼也在觀察她。因她的沉默而感到奇怪的戴安娜也瞪著她瞧。露西爾心想：這群人都是狗，都是狗。假使他們能以好奇心來攻擊人，那他們肯定把我四分五裂。

露西爾勉強一笑：「我真的好冷。我去找查理要我的大衣。」

「我去。」強尼說道。「衣帽室的年輕男侍長得很俊。」

強尼跑著回來。打從抵達這裡，露西爾就沒再看著安東。她像隻鳥，只是側著眼瞄他。

「這是新大衣！」克萊兒高聲說道。「這個粉灰色美極了，我從來沒看你穿過。」

「查理從紐約帶回來的。」她說。

就這一刻，她和安東的目光相遇，見到他的眼神，她眞想打他一個耳光。她猛地轉身離開。

「我年輕的時候穿貂皮大衣看起來特別亮麗。」克萊兒說道。

戴安娜皺起眉頭。站在她身旁的安東正是她常常說的一副目盲的神情。他身子不動，臉色茫然。

「幫我找一杯威士忌來。」她說道。

她不敢問他問題，只好對他下達命令。這令她稍感寬慰。

整個晚上他們都沒向對方靠近一步。等到將近午夜，人人都去跳舞了，就只剩下他們倆分別坐在桌子兩頭。他不能不禮貌地走到她前面，他不願意她和他對抗。這兩天所受的痛苦讓他不勝負荷。他總是想像她在查理的懷裡，想像她吻查理、對查理說她和他說過的話。他尤其愛想像她某種表情，一張奉獻自己，卻又藏有祕密的臉孔，一張曾經屬於他、而今後只能奢望的面孔。他非常渴望得到這個女子。他繞過桌子坐在她旁邊。

露西爾沒看他。突然之間他崩潰了，身子往前傾。不可能的，眞讓人無法忍受。不到一個星期前，這個心不在焉的陌生女子曾裸著身在他身旁曬太陽。

「露西爾，你想要我們怎麼樣？」

「那你呢？你很任性，你一定要我在二十四小時之內斷絕關係。這是不可能的。」

她覺得自己徹底絕望了，也徹底平靜。內心空空洞洞。

「不是任性。」他嗓音頓頓挫挫地說。「我嫉妒。我沒辦法。我再也無法忍受欺騙，我受不了。我跟你說實話。一想到……一想到……」

他住口不語，摸了一下臉，然後繼續說道：「告訴我，查理回來之後，你有沒有，你們有沒有……」

她凶暴地轉身對著他：「我有沒有和他睡覺？當然有。他送了我一件貂皮大衣，不是嗎？」

「你話是如此，可是心裡不這麼想。」他說道。

「我是沒這麼想。可是你呢，我剛剛在你臉上看到這種想法。所以我討厭你。」

一對男女回到桌旁，安東旋即站起來。

「來跳舞，我必須跟你談談。」

「不要，我剛剛說的是事實，不是嗎？」

「也許是……人總愛往壞的方向想。」

「但不可以有下流的想法。」她話說完便轉過頭去。她認爲我理虧。她欺騙我，還認爲我理虧。安東一氣之下抓住她的手腕，把她往自己身邊拉過來，動作突兀，使得許多人轉頭看他們。

「來跳舞。」

她抵抗著，滿眼是憤怒和痛苦的眼淚。

「我不想跳舞。」

安東覺得成了自己的囚犯，既無法放開她，也無法用力拉她走。他同時也被她的眼淚迷惑了。他心想：我從沒看她哭過。眞希望哪個晚上她能爲一件童年傷心事靠在我身上哭，我會很高興地安慰她。

「放開我，安東。」她低聲說道。

情況變得很令人難堪。安東的力氣比她強得多，她的身子被他拖得幾乎離開了椅子。她無法將之視爲一個玩笑而笑得單純、漫不經心。周遭的人全看著他們。安東簡直像是發瘋了一樣，發瘋，而且惡劣。他讓她感到害怕，但她還是喜歡他。

「這就是所謂的猶豫華爾茲。」查理在安東的背後說道。

安東粗魯地放開露西爾的手，轉過身去。他想揍這老頭子一拳，然後永遠離開這群人。可是站在查理身旁的是戴安娜。她面帶笑容，完美無比，好像有點驚訝，但是看起來很冷漠。

「你想強迫露西爾跳舞啊？」

「是的。」他雙眼看著戴安娜說道。他今晚會離開她，他知道他會這麼做，他心中充滿了一股平靜，也充滿了一股同情。戴安娜在這樁事件裡無足輕重，他對她從來就不感興趣。

「你可不是個少不更事的小阿飛。你早過了那種年紀了。」

戴安娜已經坐在桌前。查理正偏頭望著露西爾，邊笑邊問她到底發生了什麼事，但臉色很嚴厲。露西爾也對著他笑，她必須拿一些無關緊要的話回答他，在這方面她一點都不缺想像力。其實，爲了擺脫尷尬的處境，爲了掩飾，爲了吃飯，爲了保留一些小祕密，這裡的每個人都擁有豐富的想像力，每個人都一樣，就只安東例外。他猶疑了一會兒，接著猛然向後一轉，幾乎像是跳起來般，然後大踏步離開。

譯注

1 奧利機場（Orly）：位在巴黎南郊。
2 指一八三〇—一八四八年，路易—菲律普一世復辟時期。當時中產階級大興，重商重利，經濟放任。
3 卡特蘭草原（Pré-Catelan）：位在巴黎西郊的布洛涅森林之內。
4 布洛涅森林（Bois de Boulogne）：位在巴黎西郊。

14

外面下著雨，她聽到雨點落在人行道上的聲音。應該是一般的夏雨，聽起來淒涼又柔弱，彷彿出自於無所事事的園丁，而非出自於大自然的激怒。晨光灑在地毯上，她躺在床上無法入眠。她的心臟跳得很劇烈，以狂亂的脈衝把血液送到身體每一處末端。她感覺到自己的指尖變得很沉重，她也感覺到像箭一樣穿過左邊太陽穴的藍色血管就要爆炸。她沒辦法讓這顆心定下來。她帶著諷刺和絕望的心理忍受這顆心臟的折磨，前前後後快有兩個鐘頭了；也就是她轉身發覺安東不見了，見到戴安娜臉色蒼白，見到每個人面對這樁小醜事而欣喜無比之後，查理帶她從卡特蘭草原回到家以來的這兩個鐘頭。

她不氣了，她甚至問自己爲了什麼原因生氣。談到貂皮大衣的時候，她覺得安東的眼神帶著侮辱的意味，彷彿暗指她是個愛錢的人。可是，就某方面來說，她不就是如此嗎？她依賴查理生活，查理送給她的每一樣禮物都讓她感動——當然，是爲了他的心意而不是爲了價錢，但她畢竟接受了。她不能否認，也沒想過要否認，因爲她認爲被一個有經濟能力的人、而且是她尊重的人包養，是非常自然的事。只不過，安東的誤解太深了，以爲她是爲了這點才繼續和查理在一起、爲了這點才放棄他；以爲她會有這一類的心機。他評價她，而且也一定瞧不起她。她知道嫉妒會使人無可奈何地生出卑鄙的想法、行爲、判斷，可是她不能忍受安東這麼做，哪怕他很嫉妒。她信任他，信任他們兩人之間的某種親近關係，某種道德上的默契。由於他的錯誤，她覺得自己的信心遭受打擊。

她能對他說什麼呢？「當然，查理送這件大衣給我，讓我很高興。當然，他回來之後，我跟他一起睡過覺，就跟我們平常偶爾做的一樣。當然，這和你我之間的情形完全不一樣，因爲我們之間有的是熱戀，而熱戀不是任何事所能比擬的。我的身體只有和你的身體在一起，才會有想像力、有智慧，你應該明白的。」可是安東不了解她。男人不了解女人，這是聽了一千遍也證實了一千遍的陳腔濫調。她覺得自己掉入了爭取選舉權的英國婦女的哲學裡，她感到憤懣。我有跟他談起他和戴安娜之間的事嗎？難道因爲我不嫉妒，我就是個怪物嗎？如果我是個怪物，我能改變些什麼呢？什麼也不能。可是她若不改變，她會失去安東，想到這點，她不禁哆嗦起來，在床上翻個身，就像草地上的魚一樣。早上四點鐘了。

查理到她的房間來。他緩緩在床上坐下，一臉疲倦。在黎明的生硬光線下，他看起來的確像個五十歲的人，身上那件有點像運動衣的綢緞晨褸一點兒也沒讓他看起來年輕些。他搭著露西爾的肩膀，靜止不動好一會兒。

「你也睡不著嗎？」

她搖了搖頭，想擠出笑容，想盡力找些話挑剔前一夜餐會的菜。可是她再也沒力氣了。她閉上眼睛。

「也許我們應該……」查理開口，又立即停住不語。接著以更穩定的聲音說：「你能不能出個門？獨自一人或是跟我一起去法國南部？大海會治好你一切的病，你經常跟我這麼說的。」

她沒問他說的疾病是哪一種，沒有必要，查理話中的某種語調已經告訴了她。

「南部嗎？」她的嗓音聽起來很迷惘。「南部……」

在堅決緊閉的眼皮下，她看到衝到沙灘上的海浪，她看到夕陽下山時的沙灘顏色。都是她所喜歡的。可能也是她所想念的。

「你什麼時候可以走，我就什麼時候跟你走。」她說道。她睜開雙眼看他，他卻轉過頭去。她一時感到訝異，接著發現原來自己流了淚，心中異常驚駭。

五月初的蔚藍海岸，和旅館、沙灘一樣，遊客稀少，唯一營業的餐館由他們獨占。八天過後，查理又開始抱著希望。露西爾在太陽底下曬好幾個鐘頭的日光，在水裡游好幾個鐘頭的泳，看很多書，跟他談她看的書，吃烤魚，在沙灘上和幾對夫婦一起玩牌，看起來很幸福。不管怎樣，她很高興。只不過一到晚上，她喝很多酒，而且在某個深夜，兩人做愛時，她是以一種查理從未在她身上見過的勇猛、近乎侵略的方式做愛。查理不曉得她一切行爲全出自於同一個希望，也就是再看到安東的希望。她讓自己曬黑，是爲了討他喜歡；她吃東西，是爲了不讓他覺得自己像個餓鬼；她看他出版社出版的書，是爲了能夠跟他聊聊；她喝酒，是爲了要忘記他，爲了要能夠睡著覺。當然，她內心不承認自己抱有這個希望，她的日子過得就像被迫切成兩半的動物一樣。可是有時候，若是她疏忽一秒鐘，正當她停止把心神放在某些事物上，正當她忘記了太陽的高溫，忘記了水的清涼，忘記了細沙的溫柔，與安東有關的回憶就像一顆石頭掉在她身上，於是，她帶著既幸福又絕望的心情遭受回憶的折磨，躺在沙灘上，雙手交抱胸前，宛如釘在十字架上一般，但鑿在掌心裡的不是釘子，而是記憶的尖刺。這時，她覺得自己的心臟在震撼之下翻轉，落空，變得既空虛又累贅，感到非常驚訝。她一點也不在乎這個太陽、這座大海、甚至純粹生理的舒適，她一點也不在乎以前令她覺得幸福的一切，因爲安東不在這兒一起分享。否則，她便能跟他一塊兒游泳，抓住他因海水而變得更金黃的濕頭髮。她可以在兩道海浪之間吻他，在仍然空無一人的木棚後方、兩步遠的小沙丘上和他相愛。晚上她能依偎在他身旁，動也不動，看著燕子俯衝到粉紅色的屋頂上。時間會顯得很寶貴，讓人想去疼愛、珍惜，不讓它消逝，而不是只想打發。當她無法再繼續想下去的時候，她漫不經心地站起身，走到吧台最角落，免得躺在長椅上的查理看到她。在酒保帶點嘲笑的眼光下，她很快地喝了一、兩杯雞尾酒。她不在意酒保當她是個怕被人撞見的女酒鬼，她完全無所謂——再說，遲早有一天她說不定眞有可能變成酒鬼。她回到沙灘上，躺在查理的腳邊，閉上眼睛。太陽變得很白，她分辨不出身上的溫暖是曬在她皮膚上的太陽，抑或在皮膚下奔馳的酒精。她在眼皮底下只看到一個淡薄模糊、無法讓她受苦的安東。她再度獲得了動物般、甚至是植物般幾個鐘頭的獨立自主，心靈得到了片刻寧靜。查理難得看起來很快樂的樣子。看到身穿法蘭絨長褲、脖子繫著一條圍巾、上身披著一件深藍色外套、腳上穿著一雙便鞋的查理走到她面前，她極力避免想起那個敞開襯衫露出胸膛、臀部緊實、細長雙腿裹在棉製長褲內，赤著雙腳、頭髮遮住眼睛的安東。她認識許多年輕男子，也許她喜歡的並不只是安東的青春朝氣，也會喜歡他年老的樣子。但是她喜歡現在這個年紀的他，正如喜歡他有一頭金髮，正如喜歡他是清教徒，正如喜歡他很性感，正如喜歡他愛她——抑或如同喜歡他現在不再愛她一樣。就是如此。她的愛情就在那裡，沉沉穩穩，如一道牆，把她和太陽、享受，甚至生活樂趣隔開。事實上，她覺得很慚愧。幸福是她唯一的道德觀，而不幸福……如果不幸福是自己造成的，那麼不幸福對她而言似乎是不可原諒的。這也使得她經常引起一般人對她的不諒解，甚至遭到別人不斷指責。

現在呢，我是在還債。她這麼想，同時感到很憎惡，而加深這份憎惡的原因是，她不相信欠債還債之說，她厭惡現時社會的道德與社會禁忌，她對唯恐浪費生命的煩惱有點避而遠之，彷彿那是傳染病似的。然而上千上萬人都有這種煩惱。現在她也染上了這個病，她在受苦，她不樂意對自己說自己在受苦，這可說是最令人感到不愉快的受苦方式。

查理必須回到巴黎去。她送他到火車站，對他保證她會很乖，她態度很溫柔。他要六天之後才會再回來，他會每天晚上打電話給她。他果然每天打電話給她。可是到了第五天快四點鐘，當她漫不經心拿起電話筒，她聽到的是安東的聲音。她有十五天沒和他見面了。

15

安東離開卡特蘭草原之後，徒步穿過布洛涅森林，像個瘋子般自言自語。戴安娜的司機從後方追上來，說願意開車載他。令司機驚愕的是，安東塞了五千法郎給他，喃喃說道：「拿著。謝謝你這段時間的照顧，這一點都不多，不過我身上只有這些。」安東想和戴安娜分手的欲望也許是太強烈了，他認爲每個人都該知道這件事。他沿著大軍大道*大踏步往巴黎走，對一名攬客的妓女說他認識很多像她這樣的女子，接著又轉回頭要向她道歉。可是她已經不見了，也許是她得到了安慰吧。他找了半個鐘頭也沒找到她。他走進香榭麗舍大道上的一家酒吧，想把自己灌醉，結果爲了一樁曖昧的政治事件與另一個酒鬼起了衝突。其實，眞正的原因是他這個不幸的人老霸占點唱機不放，打算要連放二十遍他曾經和露西爾一塊兒跳舞，一塊兒聽，一塊兒哼唱的唱片。他心想：啊，我是個不幸的人。那就不幸吧。贏了拳擊之戰後，同一張唱片他連放了八遍，酒吧的客人全懊惱不已。他身無分文，只得把身分證留給酒保。凌晨三點鐘他才回到家裡，疲倦已極，但也因早晨的空氣而酒醒過來——總而言之，就像個尋常的年輕人。不幸有時會給人力量，讓人產生一股活力，產生一股生氣，就跟在欣喜之下所產生的力量一樣。

戴安娜的車子停在他那棟樓房門口，她坐在車子裡頭等。安東遠遠見到她的勞斯萊斯車，正要掉頭離開，卻又想到睏倦不堪的司機必須陪著女主人苦等男朋友回家，於是改變主意。他打開車門，戴安娜下了車，不發一語。她在車上補過妝。黎明的光線使她的嘴唇看起來太紅，也讓她故作泰然自若的臉孔帶著一種年輕、迷惘、錯誤的新表情。事實上，她知道大清早來糾纏情人是一種錯誤，就和這兩年來愛上安東是一個錯誤一樣。只不過直到目前爲止，她人生中這個錯誤始終像一首隱密的電影主題曲，在背景悠悠回響，而此時此刻，這個錯誤變成了殘忍且無可彌補的喧譁鑼鼓聲。她看著自己下車，她看著自己搭著安東的手，她看著自己最後一次盡力表現出悠然自在的態度，好繼續扮演被愛女子的角色。之後，她就得換上另一個既陌生又恐怖的臉孔，一個被拋棄的女子。她向司機拋了一個默契的眼神，同時讓他先離開，彷彿知道司機是她幸福生活的最後一位珍貴的見證人。

「我打擾你了？」她說道。

安東搖搖頭。他打開房門，側著身讓戴安娜先進屋。這是她第二次來這裡。第一次是他們剛認識的時候，戴安娜當時覺得好玩，和這個舉止笨拙、衣著不講究的年輕人在這裡度過他們的第一個晚上。之後，她提供了康朋街公館的大床，她的奢華，以及她的排場，因為這間斗室實在簡陋，稱不上有任何舒適設備。現在，為了能睡在這張高低不平的床上，為了能在同樣高低不平的椅子上折放自己的衣服，她願意拿出一切來交換。安東闔上百葉窗，打開紅色小燈，抹了一下臉孔。他一臉鬍碴，幾個鐘頭間似乎瘦了下來，簡直像個流浪漢。傷感的男人總有一副流浪漢的樣子。戴安娜不再知道自己要跟他說什麼了。從他突然離開之後，她不斷重複相同的話，「他欠我一個解釋」。事實上，安東欠她什麼呢？我們能對人欠些什麼呢？她坐在床上，身子挺得很直。她眞想躺在床上，想對他說「安東，我只是想來看看你，因為我很擔心。我現在好睏，我們睡覺吧」，可是安東站在房間正當中，他在等待，他所有的舉止表明了他要把情況說清楚，也就是說要打擊她，因而也要讓她非常非常痛苦。

「你離開得有點太急促了點。」她說道。

「對不起。」

他們就像兩個演員。他知道自己等著攢足勇氣好跟她說一句蹩腳卻少不得的台詞：我們之間的所有一切都結束了。他暗暗希望戴安娜開口責備他、提起露西爾的事，他就能藉著憤怒帶來的愚勇，表現得粗魯一些。可是她樣子很溫柔，很順從，甚至可說是膽怯。他不免驚恐地思忖：他不了解戴安娜，而且他也從來沒努力去試著了解。也許她愛戀他的方式並非他自己認定的，也就是說，把他當成一個很好的情人，以及一個無法捉摸的人。他總認爲，支撐她依戀他的唯一動力，是她在性方面的滿足，以及無法像指使其他男人一樣隨意指使他所生的挫折。如果有其他因素呢？如果戴安娜突然哭了呢？不過這是難以想像的。戴安娜的名聲，也就是她的堅強以及灑脫的名聲，在巴黎社交圈裡太響亮了，他也聽得太多了。就這一會兒時間，他們錯過了認識彼此的機會。戴安娜打開皮包，取出金製粉盒補妝。這是女人心中恐慌時的反應，安東卻認爲這是無情女子的表態。最後，他帶著遭遇不幸時會有的自虐心態這麼想：露西爾不愛我，因此說來，沒有人能愛我。他點了一根香菸。

他動作急躁地把火柴丟進壁爐裡，戴安娜不由得認爲他是厭煩了，不禁生起氣來。她忘了安東，忘了對他的愛，只顧念她戴安娜一個人的問題，只顧念到她的情人在晚會中當著朋友的面無緣無故拋下她的問題。她顫著手也拿起一根菸，安東把點燃的火柴遞向她。香菸味道很辛辣，很難聞，她猛地吸了一大口。她明白過來：從方才到現在一直糾纏著她卻說不出是什麼的嘈雜聲，原來是街上的鳥叫聲。鳥兒隨著天亮醒來了，高興得向巴黎的黎明打招呼。她看著安東。

「我可不可以知道你跑掉的原因？還是說跟我沒有任何一點關係？」

「你可以知道。」安東說道，也正面看著她。他的嘴唇因臉上一個小動作而變了樣。她以前沒見過這個小動作。「我愛上了露西爾……露西爾．聖雷傑。」他像傻瓜似地補上姓氏，彷彿怕弄錯人。

戴安娜掉開目光，低頭看到皮包上有道刮痕。得換個新皮包了。她盯著刮痕瞧，眼裡只有那道刮痕，想把全副心思都放在上面：在什麼地方刮到的？她在等，她在等她的心臟再度跳動，等天色大亮，等隨便任何事情發生：一聲電話鈴響，原子彈爆炸，或是街上傳來一聲嚎叫，好掩蓋她內心無言的呼喊。可是什麼事都沒發生。外面的小鳥兒仍不停啁啾，這種頑強混亂的鳥聲眞令人討厭。

「哦，嗯，你也許可以早點告訴我。」

「我先前並不知道。」安東說道。「我一直不是很確定。我以爲我只是嫉妒。不過，她不愛我，現在我知道了。我確實很不幸……」

他可以繼續說下去的。事實上，這是他第一次向別人談到露西爾，他感到痛苦也感到快樂。而他帶著男人的憨直心理，忘了他是在戴安娜面前提起。話說回來，戴安娜也只注意到一句話，「嫉妒」。

「爲什麼嫉妒呢？我們怕自己擁有的東西被人搶走才會心生嫉妒，你這樣跟我解釋過兩次的。你是她的情人嗎？」

安東不作聲。戴安娜心中湧起一股憤怒，也因此擺脫了顧忌。

「你是嫉妒查理嗎？還是說那個女孩子另外還有別的情人？可憐的安東，不管怎樣，你一個人是很難養得起她的，希望這點能讓你看開。」

「問題不是這個，」安東冷漠地說。

突然之間，他恨戴安娜像四個鐘頭之前的他一樣在評價露西爾。他不允許她鄙視露西爾，他已經對她說了實話，她現在必須離開，必須留他獨自一人去思念在卡特蘭草原滿眼淚水的露西爾。她哭泣，是因爲他抓痛了她的手腕？還是因爲她愛著他？

「你在哪兒和她幽會？」戴安娜的聲音聽起來很遙遠。「在這裡？」

「是的，在下午。」

他想起露西爾的臉孔、身體、聲音，想起因他的愚蠢強硬而失去的一切，他很想揍自己一頓。樓梯不會再響起露西爾的腳步聲了，不會再有壯麗火熱的下午了，不會再有紅燈與黑暗了，什麼都不再有了。他望著戴安娜的那張臉孔是如此傷感，如此激情，使得她禁不住往後退。

「我以前不認爲你愛我，不過我想你對我有一定的尊重。我擔心……」

安東向她遞了一個不知所以然的眼光，而從這眼光中她發現到一個純屬男人的永恆世界，在這個世界，一個男人不可能尊重他不愛的情婦。也許她是在恭維他，也許他對她是有某種程度的尊重，但是對他而言，在本能上，在內心深處，她是最無恥的妓女。因爲在一起生活的這兩年當中，她從不要求他愛她，也不要求他說出來，而她自己也從未對他說過她愛他。在安東的黃色眼瞳裡，她太晚才看到有一個勇猛、多愁善感、絕對，渴望愛的字眼、場景、呼喊的童年。沉默或優雅對年輕人而言並不是愛的證明。她也很清楚，如果她此刻屈服於內心的渴望，倒在床上哀求他，他一定會很驚恐，甚至感到噁心。他習慣了這兩年來她一直在他面前表現出的形象，他不會接受另一種形象的她。她的舉止姿態顯然讓她付出很大的代價。然而，在這凌晨時分，讓她上身筆直坐在這張床上的，是一股驕傲，這驕傲是上流社交圈人士所固有的，因之她幾乎忘了它的存在。現在，在這股驕傲下，她發現了一個最接近、最親密、最珍貴的盟友。就像個具有秉賦的騎士發現自己能靈巧地從公車底下穿過，都歸功於三十年來的騎術練習一樣，戴安娜驚覺她一直忽略、至少說來是使用不當的驕傲心讓她避免做下一件最壞的事：也就是說，因爲安東不再愛她，所以她再也無法容忍自己。

「爲什麼今天對我說這些呢？」她嗓音平靜地問道，「你大可繼續瞞下去，我根本不會知道。或者說，我不認爲會有這種事。」

「我想我是太不幸而無法撒謊。」安東答道。

他醒悟了他這句話很眞實，心中很驚訝。如果他早先確信第二天能再找回露西爾，或是確信她愛他，他便能整晚對戴安娜撒謊、安慰她、說服她。幸福允許一切。剎那間，他終於認識了露西爾，了解她的輕浮，了解這幾個星期以來他所強烈指責的她的偽裝能力。可是太遲了，他徹底傷害了她，她再也不要他了。眼前這個女人在他家做什麼呢？戴安娜明白了他的想法，盲目之下她出言攻擊。

「那你心愛的莎拉呢？在這些事情當中，她變成什麼了？她是不是總算眞的死去了？」戴安娜溫柔說道。

安東不作聲，以憤怒的眼光看著她。可是她喜歡這個眼光，遠甚於他先前看她的時候所帶的和善但冷淡的眼光。她逕自往最壞、難以理解、惡毒、無法原諒的方向走去，她也因此而如釋重負。

「我想你該離開了。」安東終於開口。「我希望我們好好地分手。你一直對我很好。」

「我對任何人從來沒好過。」戴安娜說，站起身子。「我只是覺得你在某些情況很令人愉快，如此而已。」

她直挺挺站在他面前，正眼看著他。他不知道，此時此刻只要他臉上有個懷念或惋惜的表情，戴安娜就會投入他懷裡盡情流淚。然而他不惋惜，戴安娜只好向他伸出手，看著他不自覺地彎身吻她的手。看到安東後頸的金黃色肌膚，她知道這是最後一次，臉上浮現了強烈的痛苦表情。待安東抬起頭，這表情已經消失無蹤。她低聲說了「再見」，走出房間時輕輕撞到了門，然後沿著樓梯走下去。安東住在四樓，她直到來到二樓，那張無人憐愛的美麗臉孔與細緻的雙手才撫上了潮濕骯髒的牆紙。

譯注

* 大軍大道（L'Avenue de Grande-Armée）：位在凱旋門正西方，直通布洛涅森林東北角。

16

安東過了十五天孤獨的日子。他經常走路，不跟任何人說話。遇見戴安娜的女友，即使對方不理不睬也不感到驚訝。他知道遊戲規則：是戴安娜引他走進一個不屬於他的圈子；離開了戴安娜，這個圈子就會自動排斥他。這是慣例。因此有一晚他遇見克萊兒時，她雖只是匆匆忙忙問候一聲，但他也感到很受落。她還告訴他，露西爾和查理去了聖托佩斯城度假，而且一點也不訝異安東不知道這件事。很顯然，和一名女子斷絕關係也會連帶讓他永遠失去另一個女子。他想到這點不禁笑起來，儘管最近這段時間他愈來愈沒有笑的欲望。詩人阿波里奈爾的一首詩老糾纏著他：「我在美麗的巴黎城內遊蕩，卻沒有死在那兒的心情。咆哮的公車隊伍……」他想不起整首詩，再說他也沒想過要翻出來讀。沒錯，巴黎變得非常美，處處都是藍色、金色，慵懶的氣息，美得扯奪人心。沒錯，他既沒有心情死在這兒，也沒有心情生活在這兒。畢竟，一切都很好。露西爾在她很喜歡的地中海畔；她說過她很喜歡地中海，她在那兒一定能重拾幸福的日子，因爲她就是適合過這種生活。也許她又欺騙查理，和當地某個年輕俊俏的小伙子在一起。

戴安娜則和一名年輕的古巴外交官公開來往。他在報紙上看到他們出席芭蕾舞首演的相片。至於他呢，他看書，不喝酒。若是半夜時分想到了露西爾，他會在床上激憤得縮著身子。這一切對他而言似乎是個不容置疑的天命。由於他記憶中沒有任何事讓他抱有希望，因此他也不再抱著希望。他腦中唯一還記得的就是露西爾的歡樂，以及他自己的歡樂。這些回憶摧殘他，卻不能安慰他，因爲人們永遠無法確知另一個人活在多少歡樂中。更何況，他也不知道能否重獲曾有的歡喜，或能否與另一個人創造出更強烈的歡喜。他知道在享樂這方面，露西爾對他而言是無可取代的，卻無法設想他對露西爾而言是否也同樣無可取代。有時候，他會想起他遲遲沒回家的那個下午，浮現在露西爾臉上的驚恐。他記起她說的那句話，「你知道嗎，我想我是眞的愛你」。他想，他那天是錯過了機會。他想，他早該把時間多放在露西爾的心思、少放在她的身體上。他擁有了她的身體，卻錯失了她身爲人的本質。當然，他們一起歡笑過，而且笑是愛的特色，可是還不夠。在卡特蘭草原見到露西爾流淚的時候，他在憤怒中還湧起了一股奇怪的懷念感。他只要回憶一下這個懷念感就明白。要讓男人和女人眞正相愛，只是讓彼此享樂、讓彼此歡笑是不夠的，還需要讓彼此受苦——露西爾的看法也許是相反的，不過，她現在也不會向他說什麼了，她已經離開了。他中斷了內心的對話，中斷了他每天二十次在心裡對她解釋。漫步在巴黎，他不再忽而坐，忽而站，光想著她。這些都結束了。

第十五天，他遇見在花神咖啡館[1]閒坐的強尼。強尼好像很高興看到他。兩人坐在同一張桌子，喝了一杯威士忌。他看到強尼神氣活現地和朋友打招呼，覺得很好玩。他知道自己長得相當英俊，就跟他知道自己是金髮一樣，沒什麼特別的。

「露西爾怎麼樣了？」強尼隨意提起。

「我一點都不知道她的近況。」

強尼笑了起來。

「我倒知道。你跟她分手是對的。她很可愛，不過很危險。她遲早會變成一個酒鬼，而且查理還縱容她。」

「爲什麼呢？」

安東克制自己的嗓音，裝出漠不關心的樣子。

「她開始酗酒了。我一個朋友看到她在沙灘上走起路來搖搖晃晃的。不過，你應該也不驚訝吧。」

他看到安東的表情，不禁笑了起來。

「別裝蒜了，你知道她很愛你，就算是不認識她的人，在二十步遠的地方也看得出來。你是怎麼啦？」

安東笑了，他笑得再也停不住。他快樂極了，慚愧極了。太傻了，他先前太傻了。露西爾當然愛他，露西爾當然想念他！他怎麼會以爲露西爾和他在一起過了非常幸福的兩個月之後竟會不愛他呢？他怎麼如此悲觀，如此自私，如此糊塗呢？她愛他，她想念他，她是因此而偷偷喝酒。也許還以爲安東已經忘了她。然而十五天來，安東只想著她一個人。也許她的不幸就是安東的愚蠢造成的。他要立刻去找她，他要對她說明一切，他會做任何她要的事，他要把她摟在懷裡，他要請她原諒，他們會連續接吻好幾個鐘頭。聖托佩斯城在哪兒？

他離開座椅。

「哦，怎麼啦？別衝動啊。好朋友，你看起來簡直像個瘋子。」

「對不起，我必須打個電話。」

他跑回家裡，拿起電話，和電信局一名遲遲對他解釋瓦爾省[2]直接撥號方式的女士吵架。他一連打給三家旅館，打到第四家旅館時終於知道聖雷傑小姐在沙灘上，不過很快就會回來。他要求旅館回撥電話，然後坐在床上，手按著電話筒，就跟蘭斯洛騎士手握長劍一樣，決定等上兩個鐘頭、六個鐘頭，等上一輩子。他覺得此時的他比以往任何時候都要來得幸福。

四點鐘，電話響了，他接起電話。

「是露西爾嗎？我是安東。」

「安東……」她做夢似地重複這句話。

「我必須……我想見你。我能上你那兒去嗎?」

「可以,什麼時候?」

儘管她的嗓音很平靜,但是從她用字的簡短,安東猜到她的衰弱、萎頓。她跟安東一樣,十五天來被又卑鄙又殘忍的事情折磨、打擊、虐待。他看著自己的手,驚訝竟然沒有發抖。

「一定還有班機。我現在就出發。你可不可以到尼斯來接我?」

「好的。」露西爾猶豫了一會兒,接著又問道:「你在家嗎?」

「露西爾,露西爾,露西爾……」他對著電話筒重複了三遍她的名字,然後才回答她「是的」。

「你動作快點。」她說完就掛掉電話。

此時此刻,他才想到露西爾也許正跟查理在一起,才想到他沒有錢搭飛機。搶劫行人、殺死查理、駕駛波音飛機,這些事他都能做。果然,晚上七點半的時候,在空中小姐的建議下,只要他願意,他的確能從座艙的左手邊鳥瞰里昂城市。

露西爾掛掉電話後闔上書,從衣櫥裡挑出一件毛衣,拿著查理租來的車子的鑰匙下樓。她在旅館門口的一面大鏡子裡看到自己的臉孔,她對著自己偷偷地、含糊地笑一笑，就像對一個得到重病、命在旦夕，卻突然痊癒出院的人笑一樣。她必須小心開車，因爲道路彎彎曲曲，而且路面很不平整。千萬不要有一隻莽撞的狗、一個魯莽的司機，或是車子零件問題擋在她和安東之間。開到飛機場之前，她只想著這件事。有一班從巴黎來的飛機在下午六點鐘抵達，儘管安東不可能搭這班飛機，她還是等在出口。下一班飛機是八點鐘到。她買了一本偵探小說，坐在樓上的酒吧間，想了解書中主人翁的遭遇，但怎麼也看不懂。其實這個偵探是個很機靈的人，但此時此刻就是誘惑不了她。她知道有一句話叫做「難以忍受的幸福」。她以前從未證實過這句話的眞實性。此外，令她驚訝的是，她覺得自己很疲乏，很倦怠，說不定等不到八點鐘就會暈倒，或是在椅子上睡著。她叫服務生過來，對他說她在等八點鐘的班機抵達，服務生聽了似乎不怎麼感興趣。但不管怎樣，如果萬一她出了什麼事，總有服務生去通知安東。她不是很清楚會怎麼樣，但她想採取所有可能的預防措施，保護這個新生的、分外脆弱的自己，保護這個終於變得很幸福的自己。她甚至換了一張桌子坐，因爲她看不到酒吧的大掛鐘，也覺得在原先的位子上聽不到擴音器的聲音。她很認眞地把書上每一頁的黑字全過目一遍，也才下午七點鐘。一名涕淚縱橫的女子在邁阿密醫院親吻受傷但滿臉得意的偵探，她卻心裡很難過。

時間過得眞慢。一小時，兩個月，三十年。安東終於領先其他人，在大廳盡頭出現，他沒攜帶任何行李。在他走到面前的這幾步路時間，她心中只想著：他好瘦，好蒼白，穿得好邋遢，幾乎認不出他來；但與此同時，她的內心也很清楚地告訴她，她愛著他。他舉止不太自然地走到她前面。兩人互相握手，不怎麼看對方，而且猶豫了一會兒才往出口走去。他低聲說她曬黑了，她大聲說希望他剛剛的旅程很愉快。他們坐上車。安東開車，她指示油門開關的位置。晚上很熱，海的氣味和汽油的味道混在一起，機場的棕櫚樹在風裡微微顫抖。車子開了幾公里，兩人都沒說什麼話，甚至不知道他們要去哪兒。安東把車子停在路邊，把她往自己身上攬。他沒有吻她，只是把她抱在懷裡，臉頰貼著她的臉頰。她寬慰得眞想痛哭一場。當他終於開口說話，他的嗓音非常溫柔，非常低，彷彿哄一個孩子一般。

「查理在哪兒？必須把我們之間的事告訴他。」

「好的。他在巴黎。」

「我們今晚搭火車。有夜班車不是嗎？我們去坎城坐火車。」

她點頭同意，身子往後退一些好看看他。她總算看到了他的雙眼，看到了他的嘴唇線條，他俯身吻她。在坎城只有臥鋪火車可搭。整晚都聽到火車的呼嘯，一道道瞬間而逝的光線照射在他們糾纏不分的臉孔上。火車偶爾停站休息時，他們聽到鐵路員拿著鐵棍察看車輪，發出規律的金屬敲擊聲，這也是察看他們上巴黎的旅程、察看他們命運的聲響。在歡樂中，他們覺得車速更加迅捷，火車彷彿發了瘋；他們覺得在沉睡鄉野中的巨大呻吟聲彷彿是他們發出來的。

「我已經知道了。」查理說道。

他轉身背對她，額頭抵著窗子。她坐在床上，累得搖搖晃晃，耳邊似乎還聽到火車的隆隆聲。他們一大早抵達巴黎里昂火車站時，天正下著雨。之後，她在查理家，也就是在他們家打電話給他，然後在家裡等他。他很快就回到家。她立刻對他說她愛安東，她必須離開他。查理假裝看著窗外，她很驚訝他的脖子是那麼挺直，但不能讓她心動，而安東粗亂髮絲下的脖子卻令她憐愛無比。有些男人永遠不會讓你想去探討他的童年。

「我以爲事情不嚴重。你要知道，我希望……」

查理突然停住不語，轉身對著她：「你很明白我愛你。不要以爲失去你我不會感到痛苦。我不會忘記你，也不會找人取代你的。我已經過了這種替代補償的年紀了。」

他微微而笑。「你聽著，露西爾，你會再回到我身邊的。我是爲了你一個人而愛你，安東是爲了你們在一起的一切而愛你。他要和你一塊兒得到幸福，對他這個年紀的人來說很正常。而我呢，我要你不依賴我也能幸福。我只要等就行了。」

她正要抗議，可是查理立即抬起手制止。「何況，他會爲了你的個性而責備你。說不定他已經責備過你了。責備你是個享樂主義者，無憂無慮，而且還相當軟弱。他一定會爲了他所認爲的你的弱點或是缺點而責怪你。他還不了解女人的力量來自何處，就是爲了這個力量，男人喜歡女人，儘管這些因素當中包括最壞的缺點。他會因爲你而了解這些事的。他會了解到你之所以很愉快、很有趣、很友善，就是因爲你擁有這些缺點。不過，到時候就太遲了。至少我是這麼認爲。然後你就會回到我身邊來。因爲你知道我明白。」

他淡淡一笑。

「你很少聽我這麼長篇大論，不是嗎？現在呢，請你轉告他，如果他傷害到你，如果一個月或是三年之後，他還給我的你不如現在這般完好、或是不幸福，那我會把他打得粉身碎骨。」

他幾乎是氣沖沖地說完，露西爾驚訝得一直看著他。他給人一種充滿力量、近乎暴力的感覺，她以前在他身上從來沒看過這種態度。

「我不想設法留住你，沒必要這麼做，不是嗎？不過請你記住：我等著你。不管是什麼時候。而且，不管你要我做什麼，不管是哪方面的事，我都會答應你。你馬上就走嗎？」

她點點頭。

「把你的東西全帶走。」露西爾搖搖頭，表示絕不願意。「那就算了，可是我不能在你的衣櫥裡老看到你的大衣，在車庫裡老看到你的車子。你可能會很長一段時間不在這裡，畢竟……」他帶著微微的笑容把話說完。

她木然地看著他，她知道結果會如此可怕，也知道查理的反應會如此完美。事情的發展就如她長久以來理解的一樣。她終於還是帶給他痛苦，因而感到萬分遺憾，但這遺憾中也摻雜著一股曾經被他深愛的驕傲。不能如此，她不能這樣子離開他，把他獨自留在這間偌大的公寓裡。她站起身，說道：「查理，我……」

「別說了，你已經等得夠久了。你現在就走吧。」

他動也不動站在她前面，雙眼專注地凝視她，神情顯得心不在焉。接著，他迅速彎個腰，摸了一下頭髮，轉過身去。

「你現在就走吧。我待會兒派人把你的皮箱送到普瓦伽街去。」

她並不因爲查理知道安東地址的事而驚訝。她憎厭自己，眼裡只看到他稍微有點駝的背，他灰白的頭髮，彷佛這一切都是自己造成的。她只能低聲喚著查理的名字。她不曉得該對他說「謝謝」，還是「原諒我」，抑或其他話語，因爲查理頭也沒回，很急躁、很微弱地揮了揮手，這個小動作的意思是他再也不能忍耐了。她倒退著離開房間，下樓梯時發現自己流了淚。她哭著進入廚房，倒在寶琳的肩膀上。寶琳對她說男人都很累人，但不要爲他們流淚。安東坐在一家咖啡館的露天座位上等著她。

譯注

1 Le Café de Flore：位在巴黎聖傑曼德佩區，是騷人墨客聚集之地。

2 瓦爾省（Le Var）：位在法國南部，地中海濱。

3 蘭斯洛（Lancelot）：圓桌武士之一。

第二部

夏天
L' ÉTÉ

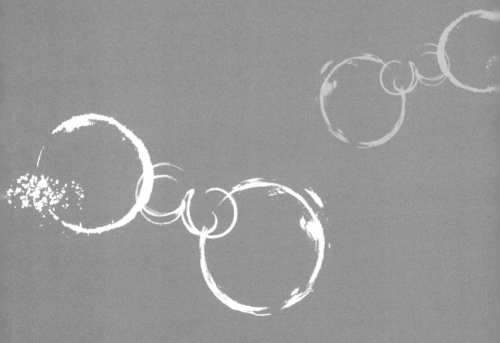

17

她覺得自己彷彿染上了一種又美妙又奇怪的疾病。她知道這是幸福，可是她不知道這麼稱呼它是否合適。就某方面來說，令她感到荒謬的是，兩個聰明、矯健、好批評的人最後會如此達到了願望，最後會如此形影不離，使得他們只能嗓音嗚咽地向對方說「我愛你」，再不需要其他話語。她知道這是因爲沒有其他的事需要再添加——其實，是再沒有其他冀望；這就是一般人所說的的完滿。然而她自問，要是以後有那麼一天，她要怎麼做才能從完滿的回憶中逃脫出來？她很幸福，但她也很害怕。

他們無話不談：他們的童年，他們的過去，特別是，特別是，他們總是不厭其煩談起前幾個月的事。就跟世上的情侶一樣，他們沒完沒了地談論他們的初次相逢，談論他們暗通款曲時的細微瑣事。他們帶著驚愕（眞實且有點愚蠢）心想，這麼久以來，他們怎麼會不清楚自己的感情呢。他們雖然不斷談論令人不安、充滿挫折的共同過去，卻不曾幻想一個平靜、持久的共同未來。露西爾比安東更怕計畫，更怕單純的生活。目前，兩人像受了蠱惑一般看著現在步步展現，看著白晝逐漸發亮，看著夜晚逐漸暗淡。而白晝總是在同一張床上發現他們永不相厭的軀體交纏著，夜晚總是在柔和、溫馨、美麗絕倫的巴黎伴隨他們漫步。他們是如此幸福，使得有時候他們覺得好像彼此不再相愛了。

露西爾看著安東離開家，心情卻是如此平靜，近乎冷淡，使得她懷疑自己已不是在聖托佩斯城的那個人：那個生病、傷心、無言可訴的野獸，只要安東晚到一個鐘頭，她就會全身發抖，想像安東的身軀躺在一輛公車底下。她最後決定把他在身邊這件事稱爲「幸福」，因爲一旦他不在身邊，就只有絕望。只要露西爾偶爾向另一個男子微笑，安東立即臉色發白（然而他經常擁有她的身子——只要他不感到疲乏；這件事實是能徹底讓他不疑的），突然向她施展滿腔的醋勁和愛意，好抓住脆弱、短暫、永遠得不到的幸福。他們兩人之間存在著焦慮、狂暴，哪怕是在最溫柔的時刻。有時候，他們會因這種焦慮而感到痛苦，然而他們內心隱隱約約明白，焦慮感在他們其中一人身上消失的時候，也就是他們的愛結束的時候。他們的感情關係取決於兩個幾乎相等的感情創傷：對她而言是安東的遲到，那個難以忘懷的下午；對安東而言，則是查理旅遊歸來那天，她拒絕回到他家。露西爾和許多無憂無慮的人一樣，她的謙遜心和她的自私心一樣強，總是暗自覺得有一天安東不會再回來——就和安東也暗自覺得有一天露西爾會欺騙他一樣。幸福理當能使傷口癒合，然而他們故意留著這兩個大傷口，像個重大車禍的倖存者在忍受了六個月的痛苦後，總喜歡以指甲弄痛皮膚的小傷痕，好在互相比較之下，證明身體的其他部位完好無損。他們各自都需要一根刺：他是因爲內心深處的癖好；她是因爲對共同分享的幸福太感到陌生。

安東早上醒得很早。他的身體比意識更先體會到露西爾的身體，甚至在睜開眼睛之前，他的身體就已經想要她的身體了。沉睡、微笑的他往露西爾身上靠過去。而有時候他是因露西爾的呻吟聲，或是背脊被她緊緊抓住而從睡夢中驚醒過來。像某些男人還有許多小孩一樣，他睡得很深，很沉，而他只喜歡這種緩慢、逸樂的清醒。至於露西爾，每天早上她醒來，首先體會到的感受便是快樂，之後才帶著驚訝、滿足，甚至有點生氣的心理意識到這個快樂半強迫地剝奪了她以前醒來時的慣有曲折：睜開眼睛，再閉上眼睛，迎接或是拒絕白天，也就是所有模糊溫馨的內心小鬥爭。有時候她試著作弊，試著比他先醒來，試著猜測他，可是安東睡覺從來不會超過六個鐘頭，他總是比她先醒來。他笑她生氣的神情，他很高興能夠很快地把這個女子從黑暗的睡夢中拉出來，然後再很快地讓她投入黑暗的愛情境界中。他最喜歡的時刻，便是她睜開眼睛，迷迷糊糊，猶疑不定，接著認出是他後，又立刻閉上雙眼，彷彿很感激似地同時伸出雙臂抱住他的脖子。

露西爾的皮箱放在衣櫥上頭，只有兩三件安東喜歡的衣服掛在衣櫥內，與安東的兩套西裝掛在一起。然而浴室裡許許多多沒開過的小罐子充分證明了有一名女子的存在。安東刮鬍子時，大肆評論露西爾竟然用那些防皺藥草面膜或是開些其他玩笑。露西爾對他說，他以後會很高興手邊有這些面霜，他眼看著就要衰老了，而且他很醜。他吻她。她在笑。這年的巴黎夏天天氣非常好。

他早上九點半出門上班，她安安靜靜留在他的斗室裡，有時想喝一杯茶，但是整個人感到痲痺而無法下樓到街角的菸草咖啡店去喝。她從房間四個角落堆積如山的書籍中抽出一本，然後看書。曾經有那麼一天，讓她非常痛苦的大掛鐘每隔半個鐘頭就響一次，而現在她很喜歡這掛鐘的聲音。有時候一聽到鐘聲，她便放下書，對著空中笑，猶如對著拾回的童年微笑一般。十一點或是十一點半鐘，安東打電話過來。他說話的聲音經常是漫不經心，不過有時候嗓音聽起來很快速、很果決，像個工作繁忙的男人。在這種情形下，露西爾總以很嚴肅的態度回答他，儘管內心覺得好笑，因爲她知道安東是個愛幻想、個性懶散的人。但是，此時愛情令她不僅溫馨地喜歡另一個人的實話，也喜歡這人的裝模作樣，甚至覺得他被識破的半謊言是絕對信任的信號。中午，她在協和廣場的游泳池和他見面，兩人在太陽底下吃三明治。之後，他又去上班。除非是溫暖的陽光、古銅色赤裸肌膚的互相接觸或兩人的對話攪亂了他們心中的春水，使得他帶著她跑回他家去——他們的家去；結果是他上班遲到。接下來，露西爾便開始了悠長的巴黎漫步。她遇見一些朋友，一些認識的人，在咖啡的露台座上喝番茄汁。因爲她看起來一臉幸福，所以每個人都找她聊天。晚上有看不完的電影；巴黎周遭有繞不完的暖乎乎的道路；有去不完的、讓她教他跳舞的歌舞廳；夏季城裡有看不完的陌生、平靜的臉孔；還有說不完的心中話；做不完的溫馨手勢。

七月底，他們在花神咖啡館巧遇強尼。他剛從蒙地卡羅過了一個很疲倦的週末回來，身旁還有個名字叫做布魯諾的年輕鬈髮男子。強尼對他們的幸福神情表示恭喜，問他們爲什麼不結婚。他們笑得不可開交，並且提醒他，說他們不是會煩惱未來的人，而且婚姻是個荒唐的想法。強尼同意他們的看法，和他們一起笑。可是他們離開後，他低聲說道「眞可惜」。他說話的語調讓布魯諾感到很疑惑。強尼聽到他的問題後，擺出了一張憂鬱、奇怪的臉孔，這男孩從來沒在他身上看過的臉孔。接著，他只是簡單地說：「你不會懂的，不過已經太晚了。」這個回答倒是很足夠了，因爲這男孩的角色不是要了解事情的。

八月來了，安東有一個月的假期，可是沒有錢，只好和露西爾待在家裡。

這年八月的巴黎變得很熱，天氣總是很沉悶，很昏暗，經常有短暫的暴雷雨，使得街道像個大病初癒者，或是年輕產婦，變得很疲倦，也很清新。露西爾幾乎是穿著晨褸在他床上度過三個星期。她的夏裝全是些泳衣或麻料長褲。這些衣服都是查理帶她去蒙地卡羅或卡布利島時，在大晴天裡穿的，而她也不打算把這些夏裝換掉。她讀很多書，抽菸，下樓買番茄準備做午餐，和安東做愛，和他談論文學，還有睡覺。一有雷雨她便害怕得投入他的懷抱。他會很心疼，搬出科學常識解釋積雲的形成原理。她半信半疑，他則帶著疑惑的嗓音稱呼她「不信神者」。可是在最後一道雷聲消失了很久之後，他再也無法使她心緒不寧。有時候，他會帶著疑問的眼光偷偷看她。露西爾很懶散，她有極大的能耐不去做任何事，也不去考慮任何未來。她很容易覺得幸福，即便過著如此空洞、如此閒散、如此相似的日子。有時候他覺得這件事很荒唐，近乎可怕。他很明白她愛著他，因此之故，她跟他在一起不會覺得無聊，就和他跟她在一起也不覺得無聊一樣。可是他感覺出這種生活是最接近她內心本性的生活方式，而他則是因爲愛戀才得以忍受這種永恆不斷的空洞。他覺得自己碰上了一種難以理解的生物，一株不知名的花草，一株曼陀羅。想到這點，他就會靠近她身邊，鑽到被子裡。他永遠不會厭倦兩人之間的歡樂，兩人混在一起的汗水，兩人做愛之後的疲乏。藉著這種最準確的方式，他向自己證明她只不過是個女人。他們逐漸對他們的身體有正確的認識，幾乎還把對身體的認識當成一種科學。這種科學是錯的，因爲它是奠定在關心另一個人的享樂上；當他們面臨自身的享樂，這種科學便在馴服、無能的情況下消失得無影無蹤。在這些時刻，他們無法想像過去三十年裡他們居然不認識彼此。白日永不是死氣沉沉的，因爲他們好幾次不能不自我承認，不能不互相表白：除了他們正在生活著的那一時刻，其他任何事都不眞實，其他任何事都無價値。

八月過得就像夢一般。九月一日的前夕，接近午夜時分，兩人並肩躺在床上，安東整整一個月都沒用到的鬧鐘又開始滴滴答答拚命走。鬧鐘定在八點鐘響。安東仰躺著，全身不動，垂在床沿的手夾著一根菸。雨開始落在街上，落得很慢，很柔。他想雨水一定是暖的，他甚至懷疑雨水是鹹的，就跟露西爾慢慢流下來的淚水一樣鹹——原來露西爾的臉頰正貼著他的，張著雙眼在流淚。他不需要問她，也不需要問天上的雲彩她爲何哭泣。他很清楚夏天結束了，也很清楚這是他們生命中最美麗的夏天。

第三部

秋天
L'AUTOMNE

我了解眾生皆渴望幸福。

行動不是生命，而是浪費精力的一種方式。

——韓波

18

露西爾在艾瑪廣場[1]上等公車，情緒很焦躁。這年的十一月特別冷，雨特別多。公車站的小候車亭裡擠滿了怕冷、臉色陰鬱、近乎暴躁的人，因此她寧可站在外面，讓淋濕的頭髮黏在臉上。更糟的是，她剛到公車站的時候忘了拿張號碼單，過了六分鐘才想起來，一名女子刻薄地在旁冷笑。她此時非常懷念她的車子，懷念雨點打在車頂的聲音，懷念車子開在潮濕的石板路時難以控制的轉彎。她不由得想：錢唯一可愛的地方就在於能夠讓人避免這些等待、這些焦躁、這些旁人。她是從夏悠宮的影片資料館出來的。安東不滿她的無所事事，以近乎蠻橫的口氣建議她去那兒看帕布斯特[2]的一部傑作。這部所謂的電影傑作果然名不虛傳，可是她不得不在一群高談闊論、目中無人的學生之間排上半個鐘頭的隊伍。她當時在想，爲什麼不安安靜靜留在房間裡，把令她入迷的西默農[3]的小說讀完呢。現在已經過了六點半了，她會比安東晚到家，這也許能糾正他染上的惡癖：讓露西爾介入外界的生活。他對她說，過了整整三年激盪且人際關係複雜的上流社交生活之後，如今卻整天關在房間裡什麼事都不做，是不正常的、不健康的。

她卻不能對他說，她如今發現：如果以前不曾習慣以另一種方式在一個城市生活過，那麼對一個必須搭公車、口袋裡只有兩百法郎的人而言，即使是巴黎這樣的城市也會變得很可怕。這話會侮辱到他，幾乎如同侮辱到她自己一樣嚴重。因爲她想起來，她二十歲的時候就是這樣生活，她也不喜歡認爲三十歲的自己不能重新過這樣的生活。一輛公車停下來，司機叫最前面的號碼，她的號碼還離很遠。上不了這班公車的人又回到玻璃棚裡等待。此時，露西爾心裡湧起一股動物本能的絕望。再等半個鐘頭，假使運氣好一點，她可以搭上公車，在離安東房間三百公尺遠的地方下車，然後冒雨走完這三百公尺的路程。她會神態疲倦，面容醜陋，頭髮散亂地回到一個也是很疲倦的男人身旁。如果他帶著興奮的神情，問她對帕布斯特電影的看法如何，她會很想跟他談談有關隊伍擁擠、等公車，以及工作者被迫接受緊張生活的事，那他會很失望的。一部公車經過卻沒有停下來，她決定走路回家。一名老太太走到她旁邊，伸手要取候車號碼。露西爾衝動之下，把自己的號碼單給她。

「我的票給你，我走路就行。」

老婦人的眼神顯得疑惑，幾乎帶有敵意。她也許覺得露西爾這麼做是因爲看她年紀大了，或是天知道什麼原因而發慈悲心。現在的人都變得很多疑，滿腦子充滿了煩惱、憂慮，看的都是愚蠢的電視節目，讀的都是胡言亂語的報紙，以致於不再有感激的概念了。

露西爾幾乎是在道歉。「我就住在附近，我已經遲到了。雨下得比較小了，不是嗎？」

這個「不是嗎」幾乎是懇求的口氣。她這麼覺得，並且還帶著欺詐的眼光看天，因爲此時雨下得更大。與此同時，她心想：即便這位太太同意又能怎麼樣？她如果不要這張號碼單，她可以扔掉。我呀，我才不在乎她再多等半個鐘頭呢。她自覺徬徨無主。我是怎麼啦？我應該跟其他人一樣，直接把單子扔了。這是什麼樣的怪癖呀？想讓人高興；想要晚上六點鐘的時候在艾瑪廣場與人建立親密的關係；想要每個人都喜歡我。陌生人之間要有親密關係、要有情感大奔放，只能在對飲威士忌的時候、在有錢人的家裡、在封閉的酒吧裡，或者是在一場大革命中才有的。她同時又非常希望事實和自己的想法相反。那位太太伸手接過號碼單，笑著說道：「您眞好。」

露西爾也回她一個含糊的微笑，然後離開。她沿著塞納河堤岸一直走到協和廣場，穿過橋，再走里爾街[4]。她想起某個晚上，她剛認識安東的那個晚上，她徒步走過同一條路。然而那時候是初春，那個年輕人是個陌生人，他們是心甘情願地在溫和孤獨的夜晚步行。當時不願意搭計程車的理由和今天她不願意坐公車的理由不同。她心想：我不應該再埋怨下去了。今晚他們有什麼活動？他們要去安東一個叫做呂卡斯·索德的朋友家裡吃晚飯。他是個神經質、愛說話、酷愛抽象的人，和安東很談得來。如果他那個老早就落伍的太太妮可不是每次都想找露西爾聊聊最近哪裡打折或婦人病，她也會談得很愉快的。更糟的是，妮可喜歡「自己應付一切」，總是做一些省錢卻難以下嚥的菜。露西爾邊走邊叨咕：「我寧可去『廣場驛站』吃晚餐。和酒保一起喝一杯冰涼的雞尾酒，點一份漢堡、一道沙拉，而不是去喝一碗很稠的濃湯，吃些噁心的燉肉和乾掉的乳酪，嚐嚐一丁點水果。看來，只有有錢人才有權利吃得很少……」有一會兒時間她沉浸在想像裡：「廣場驛站」的吧台有一半位子是空的；吧台角落永遠插著唐菖蒲；服務周到的領班；而她獨自一人坐在桌子前，心不在焉地讀報，看著在眼前走過的美國女子身上的貂皮大衣。她發現安東被排除在她的幻想之外，她沒有把安東納入她的想像裡，她覺得心兒有點刺痛。可能是因爲好久以來她沒有獨自一人吃飯的關係，不過，她內心有罪惡感。她在里爾街上跑著，在樓梯上跑著。回到家，安東正躺在床上讀《世界報》——她好像注定要跟讀《世界報》的人在一起。安東看到她，立刻挺起身，她衝到他的懷抱裡。他身子很熱，聞起來有菸味。他躺在床上的樣子看起來很高大。她永遠不會厭煩這個瘦骨嶙峋的身軀，這雙明亮的眼睛，這雙撩開她濕頭髮的結實有力的手。他嘟嘟囔囔地批評女人在雨中漫步的瘋狂行徑。

「怎麼樣？電影如何？」

「太棒了。」她回道。

「我叫你去看是有道理的吧。」

「我承認。」她說道。

她站在浴室裡、右手拿著毛巾回話。突然，她看到鏡中的自己露出一個從未見過的怪異笑容。她一時呆若木雞，接著以毛巾慢慢擦拭鏡子，就好像要把一個不該成爲同謀的人抹除掉似的。

譯注

1 艾瑪廣場（Place de l'Alma）：位在巴黎第八區，靠塞納河右岸。

2 帕布斯特（Georg Wilhelm Pabst, 1885-1967）：德國電影導演。

3 西默農（Georges Simenon）：比利時偵探小說家。

4 Rue de Lille：位在巴黎第七區塞納河左岸，東西向。

19

她在里爾街上的一家小酒吧等安東。他們習慣每晚六點半都在那兒見面。她和服務生討論賽馬。這服務生名叫艾謙，長得相當好看，很愛說話。安東懷疑艾謙暗戀她。有時候露西爾買馬票時會接受他的建議，結果總是一場糊塗，因此每當安東來到時，總是以懷疑的眼光看著他們。倒不是爲了嫉妒，而是擔心白白浪費很多錢。這一天，露西爾情緒很好。昨晚他們睡得很晚，因爲整個晚上兩人在討論一些她已經不太記得的複雜而且絢爛的計畫，這些計畫很快就把他們帶到非洲的一處海灘，或是巴黎附近一棟理想的鄉下屋。眼睛發亮的艾謙提到一匹名叫「仙丹二世」的駿馬。他說這匹馬的賭注是一賠十，第二天在聖克露德的跑馬賽準贏。如果不是安東神情興奮地正好趕到，那張在露西爾口袋裡孤獨睡覺的一千法郎鈔票也許已經換了主人了。他吻了露西爾，然後坐下來，叫了兩杯威士忌。這是個有喜事的信號，因爲當天已經是月底二十六號了。

「什麼事呢？」露西爾說道。

「我和希荷談過了。」安東說，露西爾一臉莫名其妙。「就是《醒悟報》的主任啊……他有個檔案室的工作給你。」

「檔案室?」

「是的，這工作相當有趣，沒有太多負擔。他起薪每個月付給你十萬法郎。」

露西爾懊惱地看著他。她這下總算想起前一晚討論了什麼。昨晚他們一致同意露西爾的生活不是正常的生活，她必須想點兒辦法。她興致十足地接納出門工作的提議，甚至幻想自己在報社工作的美麗前景：她一日日晉升，最後成了巴黎無人不曉的出色女記者。當然，她會有很多工作負擔以及很多煩惱，不過，她自覺有相當的毅力、幽默感和抱負來實現這個願望。他們會住在一間由報社承租的豪華公寓裡，因爲他們必須經常招待重要人物。每年最起碼有一個月的時間，他們會駕一艘遊艇在地中海度假，逃避所有壓力。她很興奮地在安東面前闊論。安東起先不太相信，接著慢慢地也感興趣，因爲露西爾談論自己的計畫時，比任何人更具有說服力，尤其是那些瘋狂且和她本性相悖的計畫。她昨晚到底喝了什麼酒或是看了什麼書，竟說出這一番話來?她既沒有抱負也沒有毅力，既不想工作，也不想要自殺。

「你知道，對這樣的報社而言，這薪水算是很高的。」安東說道。

他似乎很得意。露西爾感動地看著他。他仍然受她昨晚的言論所影響，肯定想了一整天，在巴黎到處打聽。想要在巴黎找到這樣的工作是非常難的。有太多上流社會的女子因爲鎮日無所事事而突然感受到有情緒低落的威脅，因此連付錢找個擦洗地板的工作也願意，條件是：要擦的地板非得在出版社、時裝設計公司或報社不可。而這個希荷卻願意付錢給她，給她這個只愛遊手好閒的人。生命是很愚蠢的。她試著對安東笑。

「你好像不是很高興。」他說道。

「這件事好像太美了。」她表情陰鬱。

安東向她拋了一個快樂的眼光。他知道露西爾會爲了昨晚的決定而後悔，也知道她不敢對他說。不過他的確認爲露西爾一定會感到這樣子的生活很無聊。她最後會厭倦她自己的生活，也會厭倦他本人。他內心也暗自對自己說，這十萬法郎加上自己的薪水，就能讓露西爾在物質生活方面過得更好些。他帶著男人的樂天心理，想像露西爾每個月高高興興地給自己買兩件新衣服。當然這兩件新衣服不是出自名家之手，但是穿在她身上也十分好看，因爲她身材很好。她可以搭計程車，會認識一些人，關心一點政治，經常關心世界大事，還關心其他事。也許他會遺憾回到家時看不到她，這個靠讀書、靠愛情過日子，如一頭深藏在洞穴裡的獸一樣的女子，不過他會覺得比較放心。因爲在這個靜止不動的生活中，有一個絕對的現在，也就是對未來的蔑視，讓他感到害怕，甚至隱隱約約感到生氣，好似他只是電影布景的一部分，電影拍完之後就會被燒掉。

「我什麼時候開始上班？」露西爾問道。

她現在的笑是眞心的。她可以試一試。她很年輕的時候也工作過。她也許會覺得有點厭煩，不過她一定能在安東面前隱藏自己的厭煩。

「十二月一日。再五天或六天。你很高興吧？」

她向他拋了一個懷疑的眼光。他眞相信她高興嗎？她從他身上體會到有虐待狂傾向的諷刺話。可是他看起來毫無惡意，堅信不移。她嚴肅地點點頭。

「我很高興。你有道理，這種生活不能繼續下去。」

他探過身子來吻她，如此衝動，如此溫柔，使得她明白了他是了解她的。她嘴貼著他的臉頰笑，兩人帶著寬恕一起笑。她是因爲他猜到她的內心想法而感到放心，因爲不喜歡他有所誤解，可是同時也有點怨恨他的玩弄。

晚上在家裡，安東欣喜地拿著一枝鉛筆算起帳來：他當然是負責支付房租、電話費、一些煩人的流水帳；露西爾的十萬法郎買衣服、支付交通費和午餐費，《醒悟報》報社裡頭有個氣氛很好的食堂，他可以去那兒和她一塊吃午餐。露西爾坐在床上，目瞪口呆地聽這些數字，很想對他說迪奧的一套洋裝就要三十萬法郎，她也很討厭坐地鐵，哪怕是直達車；而且只要一聽到「食堂」這句話她就想逃走。可是當他不再來回踱步而轉頭看著她時，他的臉孔充滿了笑意與疑惑，彷佛也在懷疑自己一樣，於是她忍不住跟著笑了。他像個小孩子，他算柴米油鹽的帳就像小孩子數數一樣，他做計畫就像許多部長在做計畫一樣，他算數字就像一般男人喜歡算數字一樣。總而言之，就算她的生活必須遵從那些虛幻的數學方程式也無所謂，只要方程式是他制定的就行了。

20

她進入《醒悟報》的辦公室才十五天，已覺得彷彿待了好幾年。那是一間寬敞的灰色辦公室，擠滿了辦公桌、櫃子、文件夾。唯一的一扇窗面向「中央市場」[1]的一條小街。她和名叫瑪莉安的女子一起工作。瑪莉安懷有三個月身孕，人很友善，工作有效率，確信自己懷的一定是個男孩。不管是提到報社的前途發展，還是她孩子的未來，她都是以同樣的關心語調說話，因此每當她說出一些很樂觀的評語，比如「一定會是輿論的焦點」或「肯定鵬程萬里」，露西爾總要想一想她說的是《醒悟報》，還是她未來的孩子傑若姆。兩人負責的是剪報分類工作，例如找出有關印度、盤尼西林或電影明星賈利．古柏的資料，然後再把別人用畢歸還的亂七八糟的資料重新整理歸檔。讓露西爾感到不愉快的是報社緊張嚴肅的氣氛，以及整天對她們耳提面命的效率觀念。上班八天之後，她參加編輯部召開的全體會議。那可說是道道地地的蜜蜂大會，每個人都嗡嗡叫，滿腦子陳腐的想法。為了避免造謠生非，會議也邀請一樓和檔案室的員工參加。會議前後進行了兩個鐘頭，她彷彿呆愣愣地看了一場人生戲劇濃縮版：馬屁、自負、嚴肅、平庸，大行其道，唯一的目的就是要讓小傑若姆的對手能提高發行量。只有三位男士沒有發表蠢話：第一位是因爲他對任何事都照例不滿；第二位是因爲他是主任，而且（她希望如此）是個被嚇傻的主任；第三位是因爲他樣子看起來比較聰明些。她把這場驚心動魄的會議轉述給安東聽，安東聽完後笑了好一陣子，然後說她太誇張，叫她別以悲觀的態度看待一切。她眼看著自己一直瘦下去。她中午在報社附近一家咖啡館讀報，卻苦悶得連三明治也無法吃完。她去食堂吃過一次飯——也是最後一次，就再也不去了。下午六點半、有時候是加完班的八點鐘（「親愛的露西爾，很抱歉要耽擱你回家的時間，不過你曉得我們明天下午要截稿」），她怎麼樣都叫不到計程車之後，只好帶著戰敗的心情去搭地鐵。她通常一路站著，因爲她很討厭和人爭奪位子。她看到同車廂的乘客臉上盡是疲倦、憂慮、恐慌的表情，內心湧起了一股憤懣。她是替別人而不是替自己打抱不平，因爲對她而言，這一切很顯然只是場噩夢，即使反覆不斷做著同一場噩夢，可是有安東在家等她，等著把她摟在懷裡，讓她能立刻找回自己。

但是這一天她再也無法忍耐了。中午一點鐘，她來到平常去的咖啡酒館，向一臉驚訝的服務生叫了一杯雞尾酒，因爲她一向不喝其他飲料。接著她又叫第二杯。她有一份資料要研究，她翻了兩分鐘就打著呵欠放棄。然而主管暗示過，要她寫幾行和這份資料有關的句子，如果寫得好，也許會刊登出來。不過這不可能，至少今天是不可能。待會兒更不可能再回到那個灰色的辦公室，然後在一群扮演思想家或是鬥士的人前面扮演一個積極年輕女子的小角色。這些都是壞角色，這是一齣蹩腳的戲劇。如果安東說得有道理，如果這齣她正參予演出的戲劇合情合理、有用處，那麼就是她本身的角色不好，或者她的角色是另一個人寫出來的。不管怎麼說，她這個角色都是另一個人寫出來的。安東錯了，現在她在雞尾酒的強烈啓示下知道他錯了。酒精有時候是冷酷無情的照明燈，揭穿了她每天爲了相信自己很幸福而對自己說的無數小謊言。她不幸福，而這是不公平的。她心中湧起了一股自憐的強烈感覺。她又叫了第三杯雞尾酒。服務生客氣地問她什麼事情不順利，她帶著悲哀的口氣回答「一切」。他對她說，有些日子就是這樣，還對她說，最好叫份三明治，而且這一次要吃完，否則她會像他住在山上快六個月的表兄一樣得到肺病的。原來服務生早就注意到她都不吃東西，原來他擔心僅僅對他說過早安和晚安的露西爾，原來有人喜歡她。她突然覺得自己雙眼泛淚。她忘了酒精會讓人情緒激動，也會讓人頭腦清醒。她叫了一份三明治，乖乖翻開今天早上向安東借來的一本書。是美國作家福克納的《野棕櫚》，而命運很快地讓她讀到哈利的一段獨白：

……尊重。關鍵在於尊重。早在以前我就明白了我們所有的美德，我們所有最能被接受的優點都來自無所事事——沉思、好脾氣、懶散、不打擾別人、精神和肉體的健康；把注意力集中在肉體享樂上的智慧，也就是吃、排泄、性愛、曬太陽。沒有任何事比這更美好，沒有任何事能與此相比。在這世界上唯一值得做的事，就是好好享受我們擁有的少許時間，去呼吸，去活著，而且知道自己活著。

露西爾讀到這裡就停下來，闔上書，付了帳，然後離開。她直接走到報社，沒做任何解釋就對希荷先生說她不再繼續工作了，請他不要對安東說。她在他面前站得直直的，態度很堅決，滿臉笑容，而希荷先生目瞪口呆地看著她。說完之後，她立刻離開報社，叫了一部計程車到凡登廣場[2]的一家珠寶店，把查理買給她做聖誕禮物的珍珠項鏈半價脫手。她同時訂了一串一模一樣的仿珠項鏈。她不理會女店員的會意笑容，輕鬆自在地離開，然後在「網球場」博物館[3]看了半個鐘頭的印象派畫展，在電影院裡待了兩個鐘頭。回到家後，她對安東宣布她習慣了《醒悟報》的工作，好讓他沒有任何憂慮，好讓自己獲得一段時間的平靜。諸般考慮的結果，她寧可對他撒謊而不是對自己撒謊。

就這樣，她擁有了十五天逍遙自在的日子。她重新獲得了巴黎、懶散，以及爲了打發時間所需要的金錢。她重新過著以前她一直過的生活，不過現在是偷偷過。當然，蹺課的感覺使她那些最單純的快樂更加強烈。她在塞納河左岸發現一家餐館的二樓有個酒吧兼圖書室。她在那裡耗上一整個下午，看看書，和一些遊手好閒、經常醉酒的常客聊天。有一天，常客中一名自稱是王子的體面老頭子邀請她到麗池酒店吃午餐。早上出門前，她花了一個鐘頭穿衣服，在查理送給她的套裝中挑選出時下最流行的色彩。她吃了一頓幾乎是不眞實的美味劍魚佳肴，面對一個煞有介事地對她撒謊的男子，聽他敘述他像托爾斯泰又像馬勒侯的生平。她也對這個男子撒謊，因爲禮貌的關係，她也對他敘述自己如費滋傑羅般的生活。他扮演的是個俄羅斯王子，也是歷史學家；她則是相當有文化教養、家裡很有錢的美國人。他們兩人都太受敬愛、太有錢了，因此領班不斷在他們桌旁打轉。他們還談起他很熟的普魯斯特。最後他付帳單，這筆帳單肯定讓他下個月手頭拮据。兩人在四點鐘分手，對彼此非常著迷。回到家後，她向安東描述在《醒悟報》工作的點點滴滴，他笑得不可開交。她因爲愛他，她因爲心裡覺得幸福，她因爲想讓他分享這個幸福而更加欺騙他。當然有一天他會知道的。她已經照會過瑪莉安，瑪莉安總有一天會在電話中回答他，說她「出去」有一個月了。不過，她倒覺得這個威脅給她目前過的日子賦予一種出乎意料的風味。她買些領帶給安東，也買些美術書籍或唱片給他，說這些錢是報社預付的薪水，是她的稿費，她隨便找個理由搪塞。她很快樂，而安東也被她的快樂感染。賣項鏈得到的錢足夠她花兩個月。她可以過兩個月遊手好閒、奢侈、撒謊的生活，過兩個月幸福的生活。

每一天都很懶散，都很類似。日子被非常徹底的空洞所占滿，被無比的平靜所攪亂。心靈總算在沒有止境、沒有依據、沒有目標的時間中移動。她再度過著她年輕時在索邦大學整天蹺課的生活，她重新拾回失去已久的非法生活的樂趣。查理留給她的自由時間，以及她從安東那裡偷來的自由時間，是無法相比的。少女時代留下的回憶裡，有哪一種比向他人、向未來、以及經常向自己所做的長久溫馨的謊言更值得回味呢？她欺騙自己要欺騙到何種程度呢？她是往一場不可避免的大災難走去：安東的憤怒，安東的不再信任，兩人被迫接受的事實——也就是她永遠不能和他一起過著他向她提供的這種正常、平衡、相當安逸的生活。她很明白，她暫時掩飾辭職的事並不意謂她有決心要去彌補。她內心有某種可怕的堅決意念，然而她不知道是什麼。其實，她下定了決心只做她自己喜歡的事。可是一旦喜歡上一個人，便很難對自己吐露事實。每天晚上，她又重新找到安東的熱情、歡笑、身軀，而任何一個時刻她都沒有欺騙他的感覺。她無法想像在辦公室的生活，她也無法想像沒有安東的生活。她愈來愈覺得自己沒有選擇的餘地。

天氣非常冷，因此她慢慢地又回到深居簡出的生活。她和安東同一時間起床，和他一起下樓喝杯咖啡。有時候她陪他到出版社，然後才正式出發去上辛苦的班——其實是回到他們的房間。她脫掉衣服後睡回籠覺直睡到中午。下午時間，她看書，聽唱片，抽很多菸。到六點鐘，她把床整理好，把回過家的痕跡抹消掉，再下樓到里爾街的小酒吧去找安東。或者心存虐待心理，在皇家橋的酒吧坐到八點鐘，然後才神情疲倦地回到普瓦伽街。安東在家裡等著她，心疼她，親吻她。她依偎在溫情、體恤、溫柔裡，心中毫無悔意。畢竟她的確值得同情，因爲她爲了一個心思不是很簡單的男人而必須把自己的生活弄得如此複雜。否則的話，她可以很容易地對他說「我離開了《醒悟報》」，而不需要演這些默劇。不過，既然這些默劇能夠讓安東放心，那也很好。有時候她甚至認爲自己是個女聖人。

因此之故，安東發現眞相的那一天，她完全不知所措。

「我今天下午打過三次電話給你。」他說道。

他把風衣扔在椅子上，沒有親吻她，站在她面前動也不動。

她笑了笑：「我有事出去了兩個多鐘頭。瑪莉安沒跟你說嗎？」

「當然有，當然有。你是幾點鐘離開報社的？」

「應該是一個鐘頭前。」

「啊？」

在他聲音中有某種口氣讓露西爾不安。她抬起雙眼，可是安東沒看她。

「我在《醒悟報》附近有個約會。」他很快說道。「我打電話想告訴你我會去找你。你不在辦公室。所以我五點半的時候直接去你報社。原來如此。」

「原來如此。」她不由自主重複。

「他們有三個星期都沒看到你。他們連一分錢都沒付給你。我……」

原本低聲說話的他突然拔高聲調，解開領帶往她身上扔過去。

「這條新領帶是哪兒來的？還有那些唱片呢？你都在哪兒吃午飯？」

「好了，不要叫……你總不會以爲我在街上拉客吧，別笑死人了……」

安東打了她一個耳光。她一時驚得呆愣不動，甚至臉上還保持了一會兒剛剛露出的安撫笑容。接著，她覺得臉頰發燙，不由自主地摸摸臉。但是這種孩子氣的動作讓安東更加生氣。他跟一般懶散的人一樣，一生氣便氣得很久，氣得很痛苦。施暴者所受的痛苦遠比受害者還深。

「我不知道你都在做什麼。我知道這三個星期以來你一再欺騙我。我所知道的就是這個。」

接著，兩人沉默不語。露西爾在想他的耳光，她又生氣又好玩地自忖如何做才恰當。她覺得安東的憤怒和事況比起來太不相稱。

「是查理吧。」安東說道。

她驚訝不已，問道：「查理？」

「是的，是查理吧。領帶、唱片、你的毛衣、你的生活。」

她終於明白了。她一時很想笑，接著，她看到安東憔悴的臉，蒼白的臉色，她突然很怕失去他。

「不是查理，是福克納。不要這樣，聽我說，我跟你解釋。那些錢是我賣掉珍珠項鏈得來的。」

「你昨天還戴著項鏈。」

「那是假的，你只要看看就知道了。只要咬一下珍珠，你就……」

她感覺到現在不是建議安東咬珍珠的時候，也不是談論福克納的時候。顯然，她比較善於撒謊而不是說實話。她覺得臉頰發燙。

「我無法再工作下去……」

「就做了十五天……」

「是的，就做了十五天。我去凡登廣場的竇麗絲珠寶店把我的珍珠項鏈賣掉，然後訂了一串仿製品，就是這樣。」

「你白天都做些什麼？」

「我在外面散步，我待在家裡。就跟以前一樣。」

他眼睛眨也不眨地看著她，使得她很想掉開目光。但是大家都公認，在這種情況下把眼神掉開是撒謊的信號。她只好強迫自己看著安東。他黃色的雙眼變得更憂鬱。她暗自想著，他生氣時更好看，這是少有的事。

「我怎能相信你呢？這三個星期來你一直欺騙我。」

「因爲我沒有其他事能對你說。」她不耐煩地把話說完後便轉身。她額頭抵著窗子，雙眼不由自主盯著行人道上一隻小貓的懶散步伐，在寒天下沒用到的懶散。

她嗓音平靜地繼續說道：「我跟你說過我不適合做……做這一類工作。我會死掉，或者變成一個醜八怪。安東，我一直很痛苦。你能責備我的就只有這點。」

「你爲什麼不跟我說呢？」

「你很高興我去工作。高興我關心『生活』。我可以裝模作樣。」

安東在床上躺下來。這兩個鐘頭來，他一直處在絕望中，一直被嫉妒折磨，而憤怒之下做出的舉動令他感到疲乏不堪。他相信她，他知道她說的是實話，而這實話既讓他感到安慰，也讓他感到無比的苦澀。她孤獨一人，她永遠會是孤獨一人。他一時在想，他是否寧願她欺騙他。他用冷漠的嗓音叫她的名字。

「露西爾……你對我一點信心都沒有嗎？」

她俯身靠在他身上，緊接著吻他的臉頰，吻他的額頭，吻他的眼睛。她喃喃地說她愛他，說她只愛他，說他很瘋狂，很愚蠢，很殘忍。他任她吻著，甚至還笑了笑。他徹底絕望了。

譯注

1 中央市場（les Halles）：位在巴黎第一區，已拆除並改建成現代化商場。

2 凡登廣場（Place Vendôme）：位在巴黎第一區，是高級商店所在地。

3「網球場」博物館（Jeu de Paume）：在協和廣場旁。

21

一個月過了。露西爾合法地回到從前的穴居生活。不過每當安東回到家，每當他問她白天做些什麼，而她回答「什麼也沒有」、永遠回答「什麼也沒有」時，心裡總覺得有點不自在。他並非特意問這個問題，也沒有任何火爆之氣，不過他總是要問。有時候，她會在他眼裡發現到一絲淡淡哀愁，一股疑心。他和她相愛時非常激情，非常狂熱。之後，當他仰頭躺在床上，而她俯身看他，她覺得他好像對她視而不見，他看她的樣子就好像是看一艘往大海漂去的船，一片讓風捲走的雲，不論怎樣都是一些流動、一些正在消逝的東西。可是他比以前更愛她，他告訴了她。於是她再度躺在他身側，閉上雙眼，閉口不語。不知有多少人忘了言語的意義是什麼，但不知有多少人也忘了閉口不語的意義是瘋狂、荒唐、荒謬。她緊閉的雙眼裡出現了童年生活的片段，她看見許多被遺忘的男人臉孔，最近一張的是查理的臉孔。她突然想起安東扔在戴安娜家地毯上的那條領帶，想起卡特蘭草原一株大樹的樣貌。當她很幸福的時候，她曾高興地把這些朦朧的回憶稱作她的生活。而現在她沒那麼幸福了，這些回憶變成了一團模糊不清且令人不安的熔漿。安東說的有道理：他們會變成如何？他們兩人會往哪兒去？他們將來會怎麼樣？這張床以前曾經是巴黎最美的一艘小船，而現在變成了在海上漂流的木筏。這個房間以前是如此親切，而現在變成了抽象的布景。他把未來的概念引進到露西爾的腦海裡，如此一來，他似乎也使他們之間的未來變成不可能。

一月的某個早晨，她一醒來便感覺到強烈的噁心欲嘔。安東已經出門了，他現在有時出門前也不叫醒她，彷彿當她是個休養的病人似的。她進入浴室吐了一會兒，心中並不驚訝。她昨晚不能不洗的襪子放在小電暖器上烘乾。當她看到襪子、當她明白抽屜裡沒有其他襪子可換，明白這房間就跟這浴室一樣狹窄，總而言之，明白她沒有經濟能力時，她決定不要肚裡的孩子。

她身上只剩下四萬法郎，而她卻懷了孕。經過漫長的奮鬥之後，她終於被生活追上，被生活套住。就像地鐵裡那些同路伙伴所忍受的被追上，就像作家所描寫的那樣被套住，她被打入了一個懲罰無責任感的世界。安東愛她，端看她如何宣布懷孕的消息，他說不定會是個好父親。如果她對他說「有一件非常美好的事降臨在我們身上」，那他會把這個未來的孩子看成是幸福，她很明白。可是她沒有權利。因爲這個孩子會徹底剝奪她的自由，也因此不會讓她得到幸福。再說，她內心清楚，她讓安東失望了，她把他帶到一個所有一切都像是考驗的處境。他是可以像接受不是意外的意外一樣接受這件意外。她太愛他，也或許還不夠愛他。她不想要這個小孩，她只想要幸福、金髮、黃眼珠、能夠隨時自由離開她的安東。堅決拒絕所有責任的同時，她也拒絕讓另一個人擔負責任，這也許是她唯一誠實的地方。現在不是幻想三歲的小安東在沙灘上跑的時候，也不是幻想安東嚴格批改孩子作業的時候。現在是睜開眼睛，比較房間和搖籃大小的時候，比較保母和安東薪水的時候。這些都無法相容並存。有些女人能夠自己解決這些問題，可是她沒辦法。現在也不是對自己抱著幻想的時候了。

當安東回到家裡，她向他解釋她的煩惱。安東臉色有點發白，接著把她摟在懷裡。他說話的聲音很迷惘，而她覺得自己的牙關咬得很緊。

「你確定不想要嗎？」

「我只想要你。」她說道。

她沒有提起物質條件的問題，怕侮辱到他。他撫摸她的頭髮，同時心想：如果她願意留下這個孩子，他會非常高興能跟她有個孩子。只不過她是個逃避一切的人，就是爲了這點他愛她，所以他不能責備她這一點。他盡最後一次努力，問道：「我們可以設法結婚。我們可以搬家。」

「我們上哪兒去？我也認爲孩子會帶來很多限制。你一回到家就看到我疲憊不堪，情緒不佳……然後……」

「那其他人是怎麼生活的，你說呢？」

「他們的生活與我們的不同。」她話說完後，便離開他的懷抱。

這意思是，「他們不是一心一意要過幸福的日子」。安東沒有回答。當天晚上他們出去，並且喝了很多酒。第二天，他向一個朋友打聽醫生的地址。

22

住院實習醫生身材筆直，長相醜陋，神態輕蔑。露西爾不曉得他是看不起他自己，還是看不起這兩年來在他手下好好歹歹墮過胎的女人。手術一次費用只是八萬法郎。他在女人的家裡做手術，不麻醉，萬一狀況不佳也不會回頭複診。他們約好第二天晚上再談，但露西爾一想到要再見到他就又怕又恨得直發抖。安東好不容易向他任職的出版社借到欠缺的四萬法郎。他運氣好，沒見過那個可惡的住院實習醫生。後者爲了奇怪的道德觀或是出於謹慎，拒絕和「情夫」見面。要不然洛桑附近也有一名瑞士醫生，但必須要有二十萬法郎，還要有來回的交通費用。這不在考慮之內，她連提也沒跟安東提。那是有錢人去的地方。診所、護士、打針，這些她想都不用想。她得任憑這個屠夫宰割，設法捱過他的殘忍，身子搞壞之後還要拖病好幾個月。太愚蠢了，太可憎了。她對自己所做的蠢事從沒後悔過，但現在想到太早賣掉的珍珠項鏈，心中感到很苦澀。她最後會像《野棕櫚》的女主人翁一樣，得到敗血症，而安東會被送進監獄。她像野獸一樣在房間裡打轉，她看著自己的臉孔以及苗條的身材，她想像自己變得很醜陋、病懨懨又悲傷，永遠失去了曾帶給她幸福生活的良好健康。她感到憤怒。四點鐘時她打電話給安東，他的嗓音聽起來很疲倦，很焦慮，她沒有勇氣說出心中的恐懼。然而這個時候，如果安東要求她留下孩子，她會答應把孩子留下來的。可是她覺得安東像個外人，覺得安東無能爲力。她突然很渴望有人保護她。她很後悔沒有女朋友，否則她就能和朋友談談這些完全屬於女人的複雜問題，問一些讓自己害怕的細節。可是她一個也不認識，她唯一的女友也許就是寶琳了。她口中喃喃念著這個名字，自然而然就想到查理。查理像一個讓人難以忍受的內疚一樣，像一個仍然會讓安東痛苦的名字一樣，被她從腦海中消除。就這一剎那，她知道她會請他協助，知道任何人都不能禁止她這麼做，也知道查理是唯一能夠採取行動驅逐這個噩夢的人。

她打電話給查理，再度撥他辦公室的電話號碼，向總機小姐打招呼。他正好在辦公室。聽到他的聲音，露西爾心中有一股莫名的激動，花了一會兒時間才恢復鎮靜。

「查理，我想跟你見個面。我有麻煩。」

「我派車子在一個鐘頭之內去接你。」他的聲音平靜。「可以嗎？」

「可以，可以，待會兒見。」

她等他先掛掉電話。由於他一直沒掛電話，她才想起來他是時時刻刻都保持禮貌態度的人，因此她自己先掛了電話。她匆匆忙忙換好衣服，額頭抵著玻璃窗，就這樣足足等了三刻鐘車子才到。司機高興地對她打招呼。她坐在很熟悉的後座上，心中感到無比寬慰。

寶琳打開大門，吻她的臉。房子還是和以前一樣溫暖、寬敞、安靜。英國式家具下的地毯顏色是一種看在眼裡也很舒服的藍色。她一時覺得自己穿著很邋遢，接著她笑了起來。她有點像再度歸來的浪子，只不過還懷了一個小孩。司機又開車去接查理了。她和寶琳就和以前一樣坐在廚房裡，面前擺著一杯威士忌。寶琳覺得她變瘦了，有黑眼圈，忍不住低聲責備。露西爾很想靠著她的肩膀，把命運交給她。她同時也敬佩查理的盛情，讓她獨自一人到他家來，彷彿她仍然住在他家似的，還讓她有時間重新適應自己的過去。她並沒有考慮到這也許是個巧妙的手腕。當他進入門廳，帶著歡喜的口氣大喊「露西爾」，她覺得自己彷彿回到六個月前的日子。

他也變瘦了，變老了。他抓著她的手臂，把她帶到客廳去。儘管寶琳抗議，他堅決要她再送兩杯威士忌。接著，他關上客廳的門，坐在她對面。她突然感到惶恐。她向周圍環視一眼，大聲說一切都沒變。他回答是的，一切都沒變，連他也沒變。他說話的嗓音太溫柔了，使她驚慌不已，心想他也許以為她要回到他的身邊。她開始說話，速度快得他不得不叫她重複一遍。

「查理，我懷孕了，我不能留這個孩子，我必須去瑞士，可是我沒錢。」

他喃喃說他早已想到是這一類的事。

「你確定不把胎兒留下來？」

「我沒有經濟能力——『我們』沒有經濟能力。」她紅著臉說道。「再說，我要過自由的日子。」

「你百分百確定不單單是物質條件的問題？」

「我百分百確定。」她說道。

他站起身，在客廳裡走了幾步，接著轉回身，傷感地笑了起來。

「人生是不美滿的，是不是？……我願意付出很大的代價讓你替我生個孩子；如果你願意，你會有兩個保母……但是你也不會留下我的孩子，是不是？」

「是的。」

「你任何東西都不想要，是不是？既不要丈夫，也不要孩子，也不要房子……什麼都不要。眞是奇怪。」

「我任何東西都不想要，你知道的。我討厭『擁有』的觀念。」

他走到書桌前面，開了一張支票，然後交給她。

「我認識日內瓦一家很好的診所，你一定要去那兒，我會比較放心。你答應我好不好？」

她點了點頭。她很想哭泣，眞想大聲對他說，叫他不要這麼友善，不要這麼安慰人，不要讓她湧上雙眼的淚水落下來。這些解脫、苦澀、憂鬱的淚水。她看著藍色地毯，聞著這張書桌經常有的菸草和皮革的味道，聽到樓下寶琳和司機說笑的聲音。她覺得很溫暖，很有安全感。

「你要知道，我一直等著你。沒有你，我的生活無聊得可怕。今天跟你說這些不是很適當，不過我們難得見面。」

接著他輕聲笑，笑得很勉強，打斷了露西爾雜亂的心思。她倏地站起身，帶著沙啞的嗓音結結巴巴說了聲「謝謝」，然後衝向門口。就像上次一樣，她淚汪汪地走下樓梯。當她冒雨離開時，她聽到查理大聲說：「事情結束後，把你的情況告訴我，或者告訴我的祕書，別忘了。」她知道自己得救了，她也知道自己迷失了。

「我不要這筆錢。」安東說道。「你有沒有考慮過那個人會把我當成什麼？他把我當成吃軟飯的？我搶了她的女人，還要他替我的錯誤付帳？」

「安東……」

「太過分了，實在太過分了。我不是個道德至上的人，不過總是有個限度。你不想要我的孩子，你在我面前撒謊，你偷偷賣掉珍珠項鏈，你爲了讓自己高興什麼事都做得出來，這些都無所謂。可是我不要你向舊情人借錢來殺死現任情人的孩子。這是不可能的。」

「你也許覺得我被『你』付錢的屠夫宰割會比較有道德。那個人不做任何麻醉就直接替我動手術，就算有任何感染也是讓我自己去死。我就算永遠帶病，你八成也覺得很合乎道德，只要沒有查理出手干涉就行了。」

他們關掉了紅色小燈，低聲談話，因爲這話題掀起他們心中無限的恐懼。這是他們第一次彼此鄙視對方。他們後悔鄙視對方，他們再也無法控制自己。

「露西爾，你很懦弱。很懦弱，而且很自私。你到了五十歲也是孤獨一人，一無所有。你迷人的外表再也起不了作用。不會有任何人溫暖你的身心。」

「你跟我一樣懦弱。你很虛僞。你爲難的並不是我打掉這個孩子，而是查理付手術費用。你的面子比我的健康優先。你要把你的顏面放在哪兒呢？你說啊？」

他們很冷，但避免互相接觸。他們感覺到生活重擔壓在他們身上，壓在這張床上，而這張床長久以來是他們逃避生活壓力的唯一方法。他們看到孤獨的夜晚，看到缺錢的煩惱，看到臉上的皺紋。他們看到核子彈爆發的火光。他們看到充滿敵意與艱困的未來。他們看到少了彼此的生活，沒有愛情的生活。他知道，如果他讓露西爾去瑞士，他永遠不會原諒自己，也會不停責怪她，而這將是他們愛情的終點站。他知道那個住院實習醫生很不可靠。他知道如果他留下這個孩子，她會因日常生活的折磨而漸漸感到痛苦，感到厭煩，不再愛他。她適合男人，但不適合小孩，她本身永遠不會是個成熟的女人。如果有一天她變成了一個成熟的人，她不會這樣喜歡她自己。整整一天，他對自己說道：這是不可能的事。天底下的女人總會碰到這種事的，生孩子，爲金錢煩惱。這是生活，她必須明白，她就是自私自利。可是當他再度看到她，看到她那張純潔、無憂無慮、心不在焉的臉孔，他覺得自私自利在她身上好像不是一個可恥的缺點，而是一個隱密且具有動物本性的力量，這力量使她遠離了最自然的生活。他禁不住對十分鐘之前他所鄙視的一切湧起了一股敬佩之心。不可冒犯，她對歡樂的追求使她變得不可冒犯。使她的自私變成了正直，使她的冷漠變成了超脫。他發出了奇怪的哀嚎，他覺得這哀嚎似乎來自他的童年，來自他的降臨人世，來自他身爲男人的命運。

「露西爾，求求你，留下這孩子。這是我們唯一的機會。」

她沒有回答。過了幾分鐘，他伸手摸她的臉。他的手觸到她落在臉頰及下巴上的眼淚，他笨拙地替她拭淚。

「我會要求加薪，我們一定找得出解決辦法。有很多學生晚上替人看孩子，白天也能把孩子寄在托兒所裡……不是很困難。他會長大，長到一歲，兩歲，十歲，他會是屬於我們兩人的。我第一天就應該跟你說這些，我不知道爲什麼我沒說。露西爾，我們必須試一試。」

「你知道你爲什麼沒說。因爲你不相信。跟我一樣。」

她說話的嗓音很平靜，可是止不住哭泣。

「我們不是這樣開始的。我們偷偷來往很久，我們欺騙周圍的人，我們讓他們不幸。我們適合過非法以及歡樂的生活，而不是爲了一起痛苦。我們只是爲了更好而生活在一起，安東，你很清楚……你也好，我也好，我們都沒有勇氣去做……去做跟他們一樣的事。」

她翻身俯臥，頭靠在他的肩膀上。

「太陽、沙灘、無所事事、自由……這是我們應該有的。安東，我們無法改變。這些都在我們的腦海裡，在我們的血肉裡。事實就是如此，我們也許就是一般人所說的墮落的人。可是，我只有在假裝相信他們的時候，才覺得自己墮落。」

他沒有回答。他看著天花板上反射鏡的斑點。他又看到在卡特蘭草原那晚，他想強迫露西爾跳舞時，她那張迷失的臉孔。他想起他那時因她的眼淚而湧起的無限懷念，他想起他當時非常渴望夜晚時分到來，讓她靠在他身上哭泣，好讓他能安慰她。而現在她哭了，他贏了，他卻無法安慰她。沒必要對自己撒謊，他自己也不是非常想要這個孩子，他只想要她，想要獨身、無法捉摸、自由自在的她。他們的愛情一直建立在不安、無憂無慮，以及色欲上。他心中湧起一股強烈的溫情。他把這個半是女人、半是孩子，這個有缺陷且不要有任何責任的人，把他的愛摟在懷裡，然後在她耳邊說：「明天早上我去買飛往日內瓦的機票。」

23

五個星期過去了。手術時間很短，也很順利。她一回到家就打電話給查理，好讓他放心。可是他不在。她向總機小姐留下話，心中略感失望。安東的心思都放在一套委託他負責的新書上。由於這段時間出版社有許多人事變動，他的地位大爲提高。他們經常和安東的朋友、工作伙伴、有交情的人一起吃晚飯。她發現他似乎對他們具有影響力，因而感到吃驚也感到高興。他倆從來不提日內瓦的事，只不過從那以後，他們開始採取一些預防措施。其實這不難，因爲她很疲倦，而他有諸多憂慮。晚上睡覺的時候，他們偶爾熱情地接吻，然後，首先是臉孔向著對方、接著各自背轉過身入眠。二月某個多雨的下午，她在花神咖啡館遇見強尼。他斜著眼假裝讀一本藝術雜誌，因爲旁邊一張長椅上坐著一個迷人的金髮青年。她從強尼面前悄悄走過，可是強尼叫住了她，熱情邀請她同坐。他顯然度過假、曬過太陽，還把克萊兒在瑞士滑雪勝地葛斯塔德度假的最新奇遇告訴她，把她逗得笑了很久。戴安娜拋棄那個古巴外交官，交上了一名英國小說家，但喜歡年輕人的小說家欺騙她——這當然很令強尼欣喜若狂。他漫不經心地問起安東的近況，她也一樣漫不經心地回答他。她有好長一段時間沒有笑得這麼自由自在，笑得這麼惡毒。安東的朋友都是很有才智的人，但也是嚴肅得可怕的人。

「你知道查理一直等著你呢。」強尼說道。「克萊兒想把柯雷渥的小女兒推到他的懷抱裡，可是兩天就吹了。我從來沒看過那麼無聊的人。他從旅館的大廳走到旅館的餐廳，再走到旅館的酒吧，讓每個人都好洩氣。眞嚇人。你到底在他身上下了些什麼魔法？你是怎麼對待男人的？我很需要你的建議。」

他臉帶笑容。他對她一直懷有眞摯的情感。他不喜歡她身穿老舊套裝、頭髮散亂。她仍然擁有少女的迷人風采，神情總是心不在焉，但看起來還是很愉快。可是她臉色蒼白，而且身形削瘦。他很擔心。

「你幸福嗎？」

她回答她很幸福。回答得很快。回答得太快了。因此他推斷她一定很苦悶。查理對他一向很友善，爲什麼不幫忙把露西爾帶回到查理身邊呢？這可說是一件善舉。他在尋找藉口時完全忘記了八個月之前心中的嫉妒——在那場美國人辦的雞尾酒會上，當他看到前一天私會過的露西爾和安東互相看著對方，全身不動，欲念攻心，心中湧起的強烈嫉妒。

「你應該找一天打個電話給查理。他氣色很差。克萊兒還擔心他生了重病。」

「你是說……」

「大家老把癌症掛在嘴邊。不過，說到他，我擔心他眞有這個病。」

他撒謊。他頑皮地看著露西爾的臉色變得更加蒼白。查理……善良的查理是這麼孤獨地住在他寬敞的公寓裡。查理被他不喜歡的人拋棄，被不喜歡他的人拋棄，被許多貪圖他金錢的年輕女子拋棄。查理病了。她應該打電話給他。再說，安東下星期有許多重要的午餐和晚餐。她謝謝強尼告訴她這件事。強尼只是稍晚之後才想起克萊兒很討厭露西爾，如果露西爾和查理重修舊好，她一定很生氣。不過他有時候很喜歡耍耍心愛的克萊兒。

某個早上，露西爾撥了通電話給查理，約好第二天一起吃中飯。那是一個寒冷、美好、晴朗的冬日，因此他覺得露西爾需要喝點雞尾酒，跟他一起暖和暖和身子。領班的手像燕子一般掠過桌面，餐館裡非常溫暖，而四周輕盈飄浮的嘈雜聲恰似令人安心的背景噪音。查理如往常一樣很有技巧地點菜，完全記得她的口味。她仔細觀察他，想在他臉上找出生病的跡象。自從上次他們見過面後，他反倒變年輕了。她終於帶著有點責備的口吻把話對他說，他臉露笑容。

「冬天的時候我是身體不好。氣管炎，多年來老治不好。我在滑雪中心待了三個星期，無聊死了。現在都好了。」

「強尼跟我說你有病……」

「我？什麼病也沒有。」他語氣愉快。「我要是有病會跟你說的。」

「你對我發誓好嗎？」

他神情很吃驚。

「哦，老天爺，當然，我對你發誓。你還是有發誓的癖好嗎？我好久沒發過任何誓了。」

他溫柔地笑了起來，她也跟著一起笑。

「老實對你說，強尼暗示我，說你得了癌症。」

他立刻止住笑。

「所以你打電話給我？你不想讓我一個人孤獨地死去？」

她搖搖頭。

「我也想再看看你。」

令她吃驚的是，她發覺這是眞心話。

「我還活著，親愛的露西爾，儘管死人應該比我更擁有感覺，我還是活得好好的。我仍在工作，因爲我沒有足夠的勇氣獨自在家生活，所以我就出門。」

他停了一會兒，接著嗓音更低地繼續說：「你的頭髮還是這麼黑，眼睛還是一樣的淺灰色。你比以前更漂亮。」

她突然想到好久以來沒人對她提過她的髮膚顏色，就連她的外表也沒人提。

安東可能認爲他對她的欲念排除了一切需要解釋的必要。令她感到愉快的是，面前這個成熟男子看著她的眼神，就像看一個得不到的東西一樣，而不是像一個能夠立刻滿足的欲念……

「星期四晚上你有沒有空？拉摩樂在聖路易島*的宅邸舉辦一場很出色的音樂會。有你非常喜歡的莫札特長笛和豎琴協奏曲，路易絲・韋梅兒也答應前來表演。不過，你也許有困難吧？」

「爲什麼？」

「我不知道安東喜不喜歡音樂。最主要的是，我發出的邀請會不會讓他不愉快？」

只有查理才會提出這種邀請。他也邀請安東，首先是因爲他是個禮貌的人，再來，他寧願她和安東在一起時能看到她，也不要完全無法看到她。他會等著她。不管發生什麼事，他都會替她解決一切煩惱。然而她卻整整六個月把他給忘了，直到她以爲他得了不治之症才有所表示。他這份溫情來自何處？他怎麼能忍受如此不對等的關係呢？他從何處找到足夠的元素去滋養這份愛，滋養他的慷慨，滋養他很少有回報的溫情呢？她向他靠過去。

「你爲什麼還愛著我呢？爲什麼呢？」

她嗓音很苦澀，幾乎是怨恨。他遲疑了一會兒。

「我可以對你說，那是因爲你不愛我。這倒是一個很好的理由，儘管對一心一意追求幸福的你而言很難理解。不過你身上還有另外一件事吸引我。那是……」

他有點猶豫。

「或許是一種奔放，一個人在走路的感覺，天知道你任何地方都不想去。一種欲求，天知道你什麼都不想占有。一種永恆不絕的欣喜，可是你很少笑。你要知道，一般人看起來總是應付不了自己生活的重擔，而你看起來是你的生活應付不了你。就是這樣。我解釋得不好。要不要來個檸檬冰淇淋？」

「對健康一定很有益處。」她茫然說道。「星期四那天，安東得參加編緝晚餐會。這是事實。你願意的話，我一個人來。」

他當然願意，他求之不得。他們約好晚上八點半會面，而且當他建議「在家裡」見面時，她沒有一個時刻想到了普瓦伽街。普瓦伽街，那是一個房間，那不是、從來都不是一個家，儘管那個房間曾經是天堂，也是地獄。

譯注

＊ 聖路易島（l'île Saint-Louis）：位在巴黎塞納河中心的小島。

24

拉摩樂公館是十八世紀某位國務大臣的宅邸。每個房間都異常寬敞，牆壁的鑲木裝飾美輪美奐。既無情又溫柔的燭光更增添了大客廳的開闊和美感（無情，因爲燭光更能托顯臉孔的才智，或是平庸；溫柔，因爲燭光抹除了年紀）。樂團位在客廳最裡面的小台子上。露西爾只要低下頭，避開玻璃窗上的燭光反射，就看到二十公尺之下閃閃發光的黑色塞納河。對她而言，這個晚會有一種虛無飄渺感，因爲視野十全十美，布景十全十美，音樂也十全十美。若是一年之前，她也許會打呵欠，也許會希望某個賓客不小心滑倒，或是一個杯子摔在地上。但是今晚，她內心底處十分欣賞拉摩樂公館的寧靜、整齊、美好。拉摩樂家族是因爲在殖民地經商致富而能有這些享受。

「這是你喜歡的協奏曲。」查理低聲說。

他坐在她旁邊，她看到他襯衫的鮮明色彩，他修剪得很好的髮型，他保養良好、細長、帶有斑點，拿著一杯威士忌的手。只要她表示想喝點酒，他就立刻把杯子遞給她。在搖擺不定的燭光下，他這樣子很好看，他看起來對自己很有信心，還帶點孩子氣。強尼看到他們兩人一起到達，露出了笑容。她沒問他撒謊的原因何在。老婦人坐在豎琴前面低下頭，微微而笑。年輕的長笛手以眼光徵詢，接著音符隨他震動的喉嚨吐露。與會人士都是出色人物，他一定有點畏懼。這實在是普魯斯特小說中所描寫的晚會：這是維爾迪蘭[1]的宅邸，年輕的莫亥爾[2]剛踏入上流社會，而查理則是充滿懷舊之心的斯萬[3]。但是她在這齣動人的戲劇中沒有戲分可演，就如同三個月前她在《醒悟報》冰冷的辦公室裡也沒有戲分可演一樣，就跟她一生都找不到適當的角色演出一樣。她既不是交際花，也不是知識分子，更不是家庭主婦，她什麼也不是。韋梅兒輕輕彈奏出的豎琴曲調使她淚湧雙眼。她知道這是一首愈來愈柔和，愈來愈傷感，愈來愈無可挽回的樂曲，儘管無可挽回這個形容詞與「更多」或「更少」的概念不能並存。當我們想要得到幸福，想對人善良，可是卻讓兩個男人痛苦，且不再知道自己是誰的時候，這首樂曲可說是很無情。老婦人不再微笑，豎琴變得這麼殘忍，使得露西爾突然往她觸手可及的人——也就是查理，伸出手。她抓住他的手。這隻手帶來的短暫卻活生生的溫暖、這隻手帶來的皮膚觸感，是唯一介於她和死亡之間、介於她和孤獨之間、介於她和等待之間的屏障。她恐懼地等待觸人心腸的音符再度揚起或是結合，在藐視時間的莫札特樂曲下，突然之間，長笛和豎琴，害羞的年輕人和老婦人，平分秋色。查理一直讓她握著自己的手。有時候他會以另一隻空閒的手拿起送來的酒，向露西爾另一隻手遞過去。就這樣，她喝了很多酒。音樂演奏了一整晚。在她手中的查理的手愈來愈穩定，愈來愈緊，愈來愈長。要她在雨中去電影博物館的那個金髮男子是誰？要她工作或者是要一個屠夫替她墮胎的那個男子是誰？宣稱這些可親的人士、美妙的燭光、長沙發的舒適，以及莫札特的音樂是墮落的那個安東是誰？他說的當然不是長沙發、蠟燭、莫札特，他說的是此時此刻讓她享受這一切，還讓她盡情享受金黃、冰涼、溫馨的美酒的人。她喝醉了，她緊緊抓住查理的手，靜坐不動且心滿意足。她喜歡查理，她喜歡這個沉默、溫柔的男子。她以前一直喜歡他，她再也不要離開他了。當她在車上對他表明心思，她爲他的傷感笑聲而感到吃驚。

「我願意付出一切來相信你，不過你是喝醉了。你愛的不是我。」

當然如此。當她看到枕頭上的安東的金髮，橫擱在她睡覺位置上的長臂膀，她就知道查理說的有道理。可是她心中湧起一股奇怪的懊悔。這是第一次……

之後還有很多次。她可能還愛著安東，可是她不再喜歡愛他，不再喜歡他們共有的生活——手頭拮拘而無法狂歡作樂、日復一日的單調生活。他感覺出來，因此更忙於在外工作，幾乎冷落了她。她以前是非常滿足地度過空閒時光在等待他，而現在這些時光變成了眞正的空洞，因爲她不再像等待奇蹟一樣等待他，而是像等待一個習慣。她有時候會和查理見面。她不跟安東提到這些事，沒必要在黃眼睛的痛苦無奈中再添加嫉妒。夜晚，與其說他們做愛，倒不如說他們之間是一場戰爭。以前有很長一段時間，他們一直使用做愛這門學問來延續另一個人的歡樂，而現在這門學問在不知不覺中變成了粗野的技能，好讓做愛儘快結束。倒不是因爲厭煩，而是因爲害怕。聽到雙方的呻吟聲後，兩人才放心地入睡，忘了以前最先把他們迷惑住的就是呻吟聲。

她現在經常喝酒。有個晚上她喝了酒後直接回到查理家。她說不清楚是怎麼回事，只是對自己說這件事一定會發生，而且她必須對安東說。凌晨時她回到家，把他喚醒。六個月之前，他也是在這個房間，當時他以爲失去了他心中熱愛的她，可是跟他說再會的是戴安娜，卻不是她。現在他是徹底失去她了。他一定是缺少權威，或是勇氣，或是他不知道的某種東西，不過他也不想知道是什麼了。有太多的日子他獨自頑強地咀嚼挫敗的滋味，咀嚼這個無能的感受。他差點要對她說她的表態毫不重要，反正她一直在欺騙他，連同查理和她的生活、她的本性一起欺騙他。可是他又想起夏天的那個月。他還記得去年八月底，她落在他肩膀上的淚水味道，他什麼都沒說。一個月以來，也就是她從日內瓦回來之後，他就預料到她會離開。追根究柢，也許有些事情一旦在男女之間發生，就不可能不傷害到雙方，哪怕雙方是自由的。也許日內瓦之行就是這種事。或許就在一開始，也就是他們在克萊兒家狂笑的那一刻，命運早已注定。當他看到露西爾疲倦的臉孔、帶黑眼圈的灰色眼睛、露在被子外的手，他便知道他得花很長的時間來彌補這個創傷。他很熟悉這張臉孔的每一個角度，這副身軀的每一道曲線，這不是一個能夠輕易忘卻的形影。他們說一些很平凡的話。她覺得很慚愧，她沒有任何感情，也許這時候他只要喊叫一聲她就會留下來。可是他沒有喊叫。

「不管怎麼說，你已經不再感到幸福了。」安東說道。

「你也一樣。」

兩人互相交換了一個道歉、遺憾，幾乎是基於禮貌而發的奇怪笑容。她站起身，然後離開。只不過當她關上門後，他才悲痛地喊她的名字，並且責怨自己。她徒步往家裡走去，往查理走去，往孤獨走去。她知道自己永遠被名副其實的生活所拒絕，然而，她認爲她該當如此。

譯注

1 維爾迪蘭（Verdurin）：普魯斯特《追憶似水年華》的小說人物。

2 莫亥爾（Morel）：同譯注1。

3 斯萬（Swann）：同譯注1。

25

兩年之後，他們在克萊兒家再度相見。露西爾終於和查理結婚，而安東是一家新出版社的總編輯，他就是以這個頭銜而獲邀。他的心神幾乎爲事業所占據，此外，他現在講起話來有點慢吞吞，有點自鳴得意。露西爾依舊漂亮迷人，看起來很幸福的樣子。一個名叫索梅斯的年輕英國人老對著她笑。吃飯時，不知是偶然還是克萊兒的捉弄，安東坐在她旁邊，兩人嚴肅地談論文學。

「『擂鼓』這句慣用語是怎麼來的？」坐在桌子另一頭的年輕英國人問道。

「根據李泰*字典的定義，那是戰敗表示投降的咚咚鼓聲。」一名學識淵博的人回答他。

「太有詩意了。」克萊兒雙手合握，大聲說道。「親愛的索梅斯，我知道你們英國人的字彙比我們法國人多，不過你定會同意我的看法，法國在詩方面是冠蓋群芳。」

安東和露西爾距離只有一公尺遠。可是，就跟「擂鼓」這句話不能勾起他們的任何回憶一樣，克萊兒的宣言也同樣不能引發他們任何一絲狂笑。

譯注

* 李泰（Littré, 1801-1881）：法國哲學家，文字學家，政治家。作品甚多，《法文字典》爲其中之一。

攝於一九六〇年一月。
莎岡與美籍演員安東尼柏金斯（Anthony Perkins，曾主演希區考克的《驚魂記》）。

Françoise
SAGAN

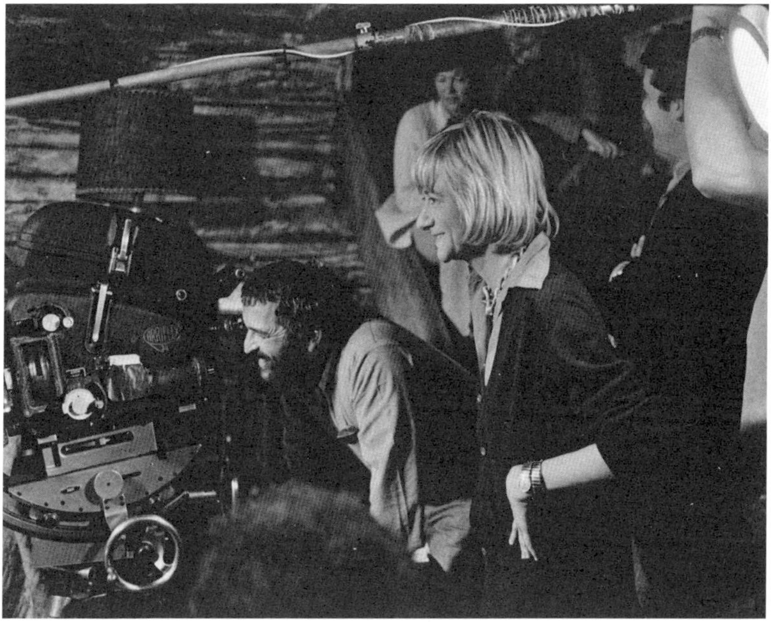

攝於一九七五年九月，法國梅捷芙鎮。
莎岡首度擔任導演，執導電影《藍色羊齒草》。

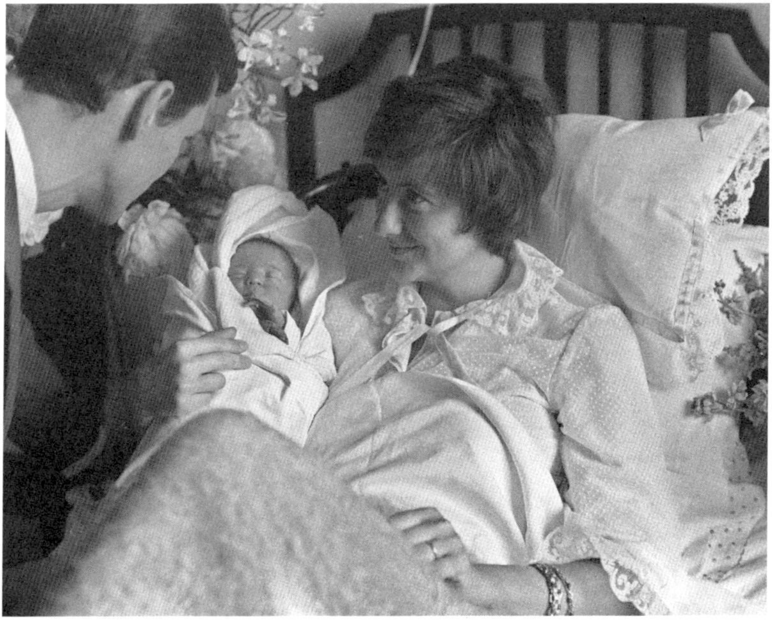

一九六二年六月，攝於法國巴黎。
莎岡抱著剛產下的獨子Denis，身旁站著的是她的美籍夫婿James Robert Westhoff。

Françoise
SAGAN

GREAT! 05 **熱戀**
La chamade by Françoise Sagan

作者	莎岡Françoise Sagan
譯者	陳春琴
選書	陳蕙慧
責任編輯	陳瀅如
封面設計	黃暐鵬
排版	綠貝殼資訊有限公司
副總編輯	陳瀅如
總經理	陳蕙慧
發行人	凃玉雲
出版	麥田出版 地址：10061台北市中正區信義路二段213號11樓 電話：(02)2356-0933 傳眞：(02)2351-9179
發行	英屬蓋曼群島商家庭傳媒股份有限公司城邦分公司 地址：10483台北市中山區民生東路二段141號4樓 網址：http://www.cite.com.tw 客服專線：(02)2500-7718｜2500-7719 24小時傳眞專線：(02)2500-1990｜2500-1991 服務時間：週一至週五09:30-12:00｜13:30-17:00 劃撥帳號：19863813　　戶名：書虫股份有限公司 讀者服務信箱：service@readingclub.com.tw
香港發行所	城邦（香港）出版集團有限公司 地址：香港灣仔駱克道193號東超商業中心1樓 電話：+852-2508-6231 傳眞：+852-2578-9337 電郵：hkcite@biznetvigator.com
馬新發行所	城邦（馬新）出版集團【Cite(M) Sdn. Bhd. (458372U)】 地址：11, Jalan 30D/146, Desa Tasik, Sungai Besi, 57000 Kuala Lumpur, Malaysia 電話：+603-9056-3833 傳眞：+603-9056-2833
麥田部落格	http:// ryefield.pixnet.net
印刷	前進彩藝有限公司
初版	2009年10月
售價	260元
ISBN	978-986-173-562-7

國家圖書館出版品預行編目資料

熱戀／莎岡（Françoise Sagan）著；陳春琴譯. －－ 初版.
－－ 台北市：麥田出版：家庭傳媒城邦分公司發行, 2009.10
面：　　公分：－－（GREAT!；5）
譯自：La chamade
ISBN 978-986-173-562-7（平裝）
876.57　　98016637

城邦讀書花園
www.cite.com.tw

Printed in Taiwan.

讀者回函卡

cite城邦媒體
Rye Field Publications
A division of Cité Publishing Ltd.

謝謝您購買我們出版的書。請將讀者回函卡填好寄回，我們將不定期寄上城邦集團最新的出版資訊。

姓名：________________ **電子信箱**：________________

聯絡地址：□□□ ________________

電話：（公）________________ 分機 _____ （宅）________________

身分證字號：________________ （此即您的讀者編號）

生日：_____ 年 _____ 月 _____ 日　性別：□男　□女

職業：□軍警　□公教　□學生　□傳播業　□製造業　□金融業　□資訊業　□銷售業

□其他 ________________

教育程度：□碩士及以上　□大學　□專科　□高中　□國中及以下

購買方式：□書店　□郵購　□其他 ________________

喜歡閱讀的種類：（可複選）

□文學　□商業　□軍事　□歷史　□旅遊　□藝術　□科學　□推理　□傳記

□生活、勵志　□教育、心理　□其他 ________________

您從何處得知本書的消息？（可複選）

□書店　□報章雜誌　□廣播　□電視　□書訊　□親友　□其他 ________________

本書優點：（可複選）

□內容符合期待　□文筆流暢　□具實用性　□版面、圖片、字體安排適當

□其他 ________________

本書缺點：（可複選）

□內容不符合期待　□文筆欠佳　□內容保守　□版面、圖片、字體安排不易閱讀

□價格偏高　□其他 ________________

您對我們的建議：________________

____

____

cite城邦媒體 麥田出版
Rye Field Publications
A division of Cité Publishing Ltd.

廣	告	回	函
北區郵政管理局登記證			
台北廣字第000791號			
免	貼	郵	票

英屬蓋曼群島商
家庭傳媒股份有限公司城邦分公司
104 台北市民生東路二段141號2樓

▼

請沿虛線折下裝訂，謝謝！

文學・歷史・人文・軍事・生活

麥田出版
Rye Field Publications

書號：RC7005 書名：熱戀

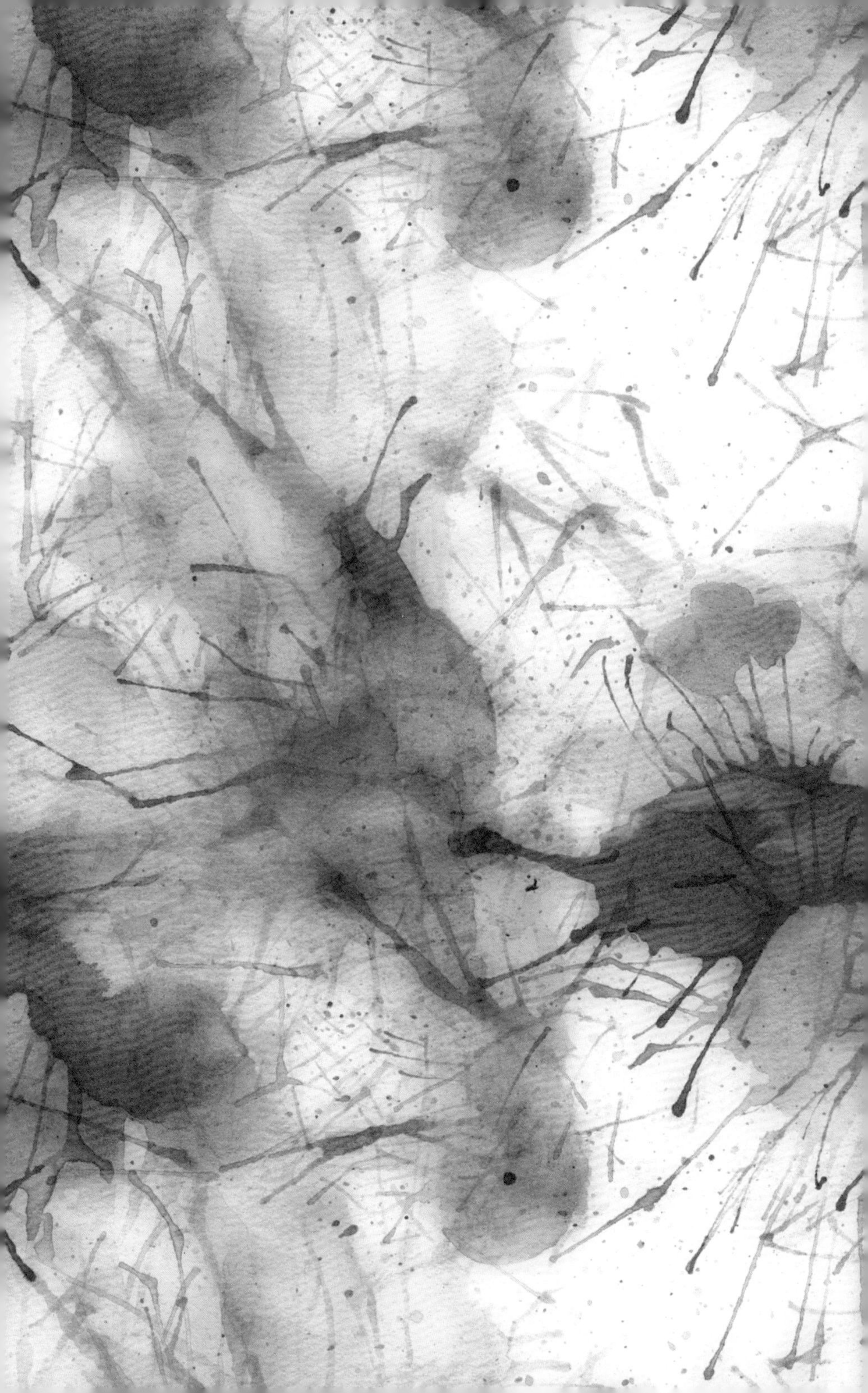

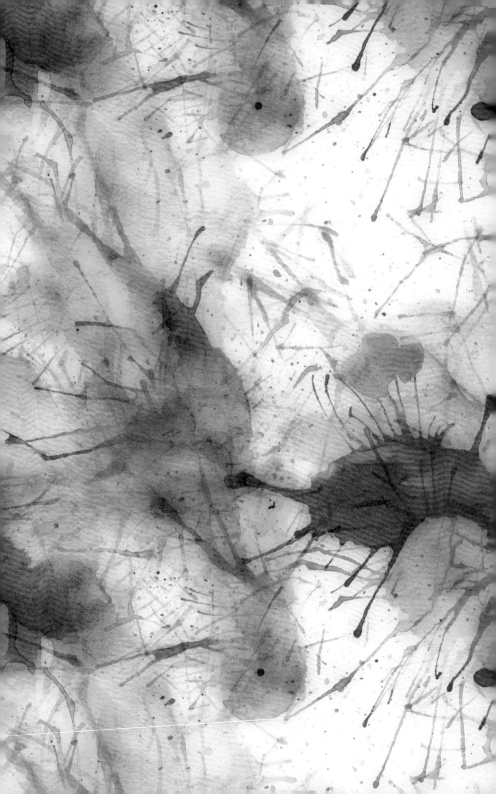